貞操逆転世界ならモテると思っていたら2

陽波ゆうい

角川スニーカー文庫

24389

Illustration：ゆか
Design Works：AFTERGLOW

プロローグ

とある夜の風呂《ふろ》上がり。

濡れた髪をタオルで拭いていると、机上のスマホがピロン♪と鳴った。

「この時間帯にということは……」

スマホを手に取り、画面を確認すれば……。

『今日もビデオ通話できますか？』

そんなメッセージとともに、予想通りの人物の名前が目に入って、わたしは自然と微笑《ほほえ》む。

髪を乾かした数分後には、ビデオ通話を始めた。

「やあ、こんばんは」

『こんばんは、留衣《るい》さん。突然お誘いしてすいません』

画面に映るのは、無自覚、無防備でお馬鹿なわたしの好きな男子——が、弟のように可愛《かわい》がっている彼女。

「玖乃《くの》ちゃんのお誘いならいつでも大歓迎だし、いくらでも時間を作るよ」

『ありがとうございます。留衣さんは対応までイケメンですね』

「そうかな？」

でもまあ……高身長で体つきが良いことで男子から怯《おび》えられていたわたしが、どうにかして周りと関わろうと必死になって……。

『イケメン女子』というポジションを見つけて、今はその振る舞いが癖になっているんだけどね。

「でも、玖乃ちゃんと話すことを楽しみにしているのはわたしの純粋な気持ちだからね」

ふっと笑みを向ければ、玖乃ちゃんはクールな表情を少し緩めた。

……良かった。わたしもあの頃と比べてだいぶ、信用されてきたみたいで。

思考を戻せば、すぐに思い返せる。

玖乃ちゃんと初めて会ったのは、郁人《いくと》の担当男性護衛官として、市瀬《いちせ》家に挨拶に訪れた時――。

「こんなカッコ良くてしっかりした子が隣で守ってくれるなんて、郁人も贅沢《ぜいたく》ねぇー。だからって、あんまり迷惑をかけたらダメよ？」

郁人の隣にいる黒髪ロングでスタイルも良い綺麗《きれい》な人……この方が郁人のお母様。

それからお母様と言葉を交わしたが、少し話しただけで男ということだけで甘やかさず、でも家族を大事にしているいい人だと分かった。

そんなお母様の隣には郁人とは別に、もう１人……。

「……む」

穴が開くほどわたしのことをじーーっと見ているのは、黒パーカーを着た黒髪ショートのボーイッシュな子だ。

「いとこだけど俺は本当の弟のように可愛がっている！」と郁人から聞いていた子かな？

そういえば、郁人と初めて会った時もこうしてじーっと凝視されたっけ？

キョウダイは似るってことなのかな？

「……貴方《あなた》が兄さんの男性護衛官ですか。ボクも中学では男性護衛官をしています。市瀬玖乃です」

感情をあまり表に出さず、クールな印象だが……切れ長の瞳は明らかにわたしを警戒していた。

そして、彼ではなく……彼女のようだ。

だって、中学・高校の男性護衛官は女子が務めることが一般的だし、そもそも男子が男子の護衛をするなど、狙われる確率が上がるだけなので考えにくい。

だけど、わたしのことを男と勘違いしている郁人なら、同じく身近な人……それこそ、いとこでも勘違いしている可能性もありそうだ。

しかしながら、男性護衛官がいくら男性寄りの身なりをしていて、ボディーガードの役目を持っていようが、中身が女であることには変わりない。

中身が女ということは、男を手に入れようと積極的な行動をする肉食系女子たちを連想させ、貴重な男子を持つ家庭が警戒するのは無理もない。

でも、郁人の家族とは円満な関係を築きたいと強く思った。

この時から、わたしの郁人への見方は他の男子へのものとは違っていたのだろう。

だからわたしは……自分から彼女へ話を持ちかけた。

「玖乃ちゃ……いいや。今は玖乃くんの方がいいね。少し話したいことがあるんだけどいいかな？」

「はぁ……なんですか？」

お母様と郁人が飲み物の用意のため一旦、席を離れた隙に……。

わたしは玖乃ちゃんにだけ聞こえるような小声で、ビデオ通話による定期的な報告会をすることを提案した。

報告するのはもちろん、郁人のこと。

お母様の了承は今さっき取った。「どんどんやっちゃって」とあっさり了承を貰《もら》えたので逆にわたしが驚いてしまった。

郁人本人には……今は秘密かな。どうせなら、玖乃ちゃんと仲良くなってからの方がいいしね。

「……いいですよ。これで無防備な兄さんのことと貴方のことも探れますしね」

「やっぱり警戒されているみたいだね。これから仲良くなれたら嬉《うれ》しいな」

わたしが柔らかに笑いかけるも、玖乃ちゃんは表情ひとつ変えなかったのだった。

ビデオ通話では、学校での郁人の様子を報告するだけだったが……次第にお互いの近況や冗談を交えた話をするまでになった。

仲が縮まった1番の理由といえば……やはり、お互いに同じ状況だったということ。

お互いに、郁人に男だと勘違いされていること。

けれど、それはこの間まで……。

思考を現在に戻す。

今もビデオ通話をしているにもかかわらず、何故《なぜ》、わたしが考え事ができたかというと……。

『兄さんは何故、あそこまで無防備なのでしょうか？　いつまでもあの様子だと、ボクの気が持ちません。過保護になってしまうのは必然です。そして、兄さんは誰にでも優しくするので余計にタチが悪いです。常に笑みを浮かべて対等に接してくれる……なんですか、兄さんは妄想から出てきたんですか。あんなの、世の女性たちの都合のいい妄想の具現化そのものです。そんな兄さんの存在が広まってしまうほど、捕食エンドまっしぐらです。大体、兄さんは――』

最初はうんうんと微笑ましく聞いていたんだけど……そろそろわたし、口挟んでもいいよね？

「郁人は存在自体がイレギュラーっぽいからね。ところで、玖乃ちゃんー？　そろそろ、わたしの話も聞いて欲しいなぁ？」

『……。はい、喋《しゃべ》りすぎました……』

玖乃ちゃんはようやく我に返ったようで、肩をシュンと縮こまらせた。

「ふふ、話を無理に終わらせてしまってごめんね。玖乃ちゃんのブラコンっぷりは見ていて微笑ましいんだけどね」

『む、ボクはブラコンじゃありません』

えっ、否定するんだ。ちょっと無理があるんじゃないかなぁ……？

と、玖乃ちゃんの郁人への過保護さを目の当たりにできたところで……。

今度は、わたしの番だ。

「郁人がわたしのことを実は女の子だと受け止めてくれたよ」

『っ、そうですか……』

玖乃ちゃんは分かりやすく瞳を揺らしたが、すぐにクールな表情に戻った。

『その話は兄さんからも聞いています。兄さんは家に帰ってから留衣さんが実は女の子であったことを驚いたように話していましたから』

「へぇ、そうなんだね」

その様子、ぜひとも見たかったなぁ。

『ボクもお母さんも最初から、留衣さんが女の子であることを知っていたと話せば、「なんで教えてくれなかったの!?」とさらに驚いていましたけど。だって、教えられるはずないじゃないですか。男性のほとんどは女性に対して苦手意識があるのですから……兄さんも、万が一の可能性があります』

「だからこそ、わたしも中々打ち明けられなかったんだよね。でも、周りの皆のおかげで覚悟を決めるまでの時間はあった。玖乃ちゃんも気遣ってくれてありがとうね」

玖乃ちゃんや同じ男性護衛官の澪《みお》と恋《れん》。

クラスの誰1人として告げ口をせず、見守ってくれたおかげで、わたしは自分から本当の姿を明かすことができたし、郁人に受け入れてもらって変わらぬ日々を送れている。

だから今度は、玖乃ちゃんが実は女の子であることを明かすための後押しをしたい。

そう思っていた時だった。

『……留衣さんは凄《すご》いと思います。自分の口で本当の姿を明かして……過去の自分ともちゃんと向き合えて……。それに比べてボクは、本当のキョウダイのように接してくれている兄さんに過去のことも……今のことさえもまともに話してませんから。ボクはダメな子ですね……』

自嘲気味になる玖乃ちゃん。

切なそうなまま、目を伏せた。

「玖乃ちゃん……」

『あ……暗い雰囲気になってしまってすいません……』

玖乃ちゃんが申し訳なさそうに言う。

逆に気遣われてしまったようだ。

「気にしないで。けれど、今、わたしから言えるのはただ1つ……。次は、玖乃ちゃんの番だ」

『……。はい』

わたしの言葉に、玖乃ちゃんはゆっくり、大きく頷《うなず》いたのだった。

「さて……夜ももう遅い時間帯になったね。明日もわたしたちは男性護衛官の仕事があるからしっかり身体《からだ》を休めないと。今日の報告会はこれでお開きにしないかい？」

置き時計の針が23時を指すのを確認してわたしは言う。

『そうですね。今日はありがとうございました、留衣さん』

「うん、またね玖乃ちゃん」

そうして、今日のビデオ通話はしんみりとした雰囲気で終わったのだった。

◆◆

俺、市瀬郁人が男女比１：20の貞操逆転世界に来てから15年が経《た》った。

「夢じゃないんだよなぁ……これが」

目が覚めると、よく知ってる天井が広がっている。

「うむ、今日も貞操逆転日和《びより》のようだな！」

ほら、そこ！　訳分かんないとか言わない！

俺もよく分かってないで言ってるから！

固まった身体をポキポキ鳴らしながら部屋を見回す。

ハンガーにはこっちでの学校……鳳銘《ほうめい》高校の制服が掛かっていて、俺は高校1年生。

男女比が影響して男が肉食系な女の子たちに狙われるため、男子生徒には必ず、『男性護衛官』というボディーガード的存在が常に付き添うことになっている。

男性寄りの格好とその容姿の良さ、ボディーガードという役目から俺は男だと思っていた。

しかし……鳳銘高校の男性護衛官は全員、女の子だった。

俺の担当護衛官であり、友達でもあるイケメンの遠坂《とおさか》留衣も……。


『郁人――わたしの本当の姿を見て』


実は、女の子だった。

まじで衝撃的だった……。

でも、留衣が女の子だと分かったところで俺たちの関係は変わらない。

そもそも留衣が男でも女でも、性格や中身、過ごした楽しい時間は何ひとつ変わらないからな！

……そして、俺がモテていない現状もまた変わらない。

貞操逆転世界なら、可愛《かわい》い女の子たちにモテモテになると思っていたけど……現実はそう甘くはないみたいだ。

「だが、俺は諦めない！　俺のことを一途《いちず》に思ってくれる可愛い女の子とのチヤホヤハーレムを目指してやる！」

ふんすと鼻を鳴らして、拳をぐっと握りしめる。

いかにも非モテ男子らしい願望を持っている俺。

前世では、彼女や好意を向けてくれる女子などいなかったからモテたいと思っちゃうのは当然だろ！

だからこそ、女子の人数が多い貞操逆転世界でモテモテになりたいという夢を見る。

どういう感じがモテているってことなのか、モテたことがないのでよく分からないけど！

「でも、まあ……」

昔の記憶がよみがえる。

それこそ、元の世界の高校時代で濃く記憶に残っていること。

俺は男友達とつるむことが多かったが……1人だけよく話す女子がいた。

遊んだり、勉強したり、ご飯を食べたり、自然と一緒に過ごす時間が多くなっていた。

『お前ら仲良いよなぁ。最近はいつも一緒にいるじゃん』

『まだ付き合ってないのかよっ』

『結構お似合いだよなぁー』

周りからもそう言われるほど、俺と彼女の仲は良かった。

その分、揶揄《からか》ってくるやつも多かったが……「いやいや、付き合ってないわ！」と否定するのも悪い気はしなかった。

「付き合うのもアリだなぁ」なんて、浮《うわ》ついていた。


そんなある日だった。


「——うんっ。私、彼氏できたんだぁ〜」

休み時間の教室で女友達と話す彼女の声が聞こえた。

幸せそうに笑う彼女と……何人かは気まずそうな視線をチラチラと俺の方へ向けてくる。

彼氏とは……俺のことではない。

「あ、アンタ……○○と仲良かったじゃん？　てっきり、そっちとくっつくのかと思ってたわ〜」

すると、友達のうちの１人が聞いた。

「ああ、○○くんとは仲良いよ〜。彼って、明るくて面白いし、一緒にいると楽しいよね〜」

「じゃあなんで付き合わないの……？」

「うーん……なんていうか……。彼とは友達のままで十分楽しいからそれで良いかなって。それに彼って、誰といる時でも楽しそうだからさ。私じゃなくて、他の女の子の方がお似合いだと思うなっ」

そう言って、俺と視線が合った彼女はひらひらと手を振り、いつもと変わらぬ笑みを向けてきた。

俺はというと……いつものように笑えていたか分からない。

ただ……その後、男友達からやけに「どんまい」「お前に彼女は早かったな」などと、励ましの言葉を掛けられた。

それから俺たちは、一緒に過ごすことが少なくなった。

俺たちというか……俺から話しかけることがなくなっていた。

それでも、彼女は楽しそうだった。

だって、その隣にはイケメンで爽やかで優しそうな彼氏がいるから。

彼女の友達づてに聞けば、惹《ひ》かれた理由はかっこよくて、自分だけに優しいところだそうだ。

楽しそうにしている彼女を見るのが好きだったのに……今は心にぽっかり穴が開いたような感じだ。

でもよく考えれば、仲が良くても「好き」と告白されたことはない。

それに、俺からも告白はしなかった。

「仲が良いからもしかしたらって、勝手に思い込んで勝手に舞い上がって……勘違いしまくっていた俺って情けないよな……はは……」

それから俺は恋愛とか好意だとか好きだとか……よく分からなくなった。

本人からちゃんと言われるまで、勘違いしないようにしようとなった。

……モテたいと豪語することで気持ちを抑えるようになった。

「って……なんか、暗い過去みたいになっちゃったなぁ。いかんいかん！　顔でも洗ってシャキッとしないとな！」

1階に降りて洗面所に行けば、先客がいた。

「む……今日は中々決まらない……。これじゃあ、兄さんに褒めてもらえない……」

鏡の前で髪を整えていたのは、中学校指定の男性護衛官の制服に身を包んだ玖乃だ。

今はなんか忙しそうだし、邪魔しないように廊下で少し待つとしよう。

でも、俺が身だしなみを整えている時は玖乃は割と隣にいることが多いんだよなぁー。

今日くらいは、ちょっと見てもいいかな？

「むぅ……」

そっと顔を出して覗《のぞ》いてみれば、玖乃はまだ髪型に納得がいっていないらしく、鏡とにらめっこしている。

その顔も美形とかどういうことよ。

黒髪ショートカットに切れ長の瞳。すらっとした細身の美少年。

料理が上手《うま》く、スポーツも勉強もそつなくこなす。

感情を表にあまり出さないが、誰に対しても丁寧な物言いで、男性護衛官もしている。

絶対、女子に人気あるよなー。モテまくりだよなぁ。

そんな玖乃は、家では俺に対してやたら過保護気味で普段から何かと言い合いになるが……それは喧嘩《けんか》というよりも、お互いに気兼ねなく会話ができるからこそのもの。

だけど、長く一緒にいる俺に対しても、玖乃は未《いま》だに事務的な口調を崩さないことが多いし、自分の話をあまりしたがらない。

それにより時折、壁を感じてしまうことがある。

玖乃はあくまでいとこで、俺たちは本当の兄弟ではないけど……。

いや、本当かどうかなんて関係ないよな。

「よし、これなら……って、兄さん！　いつからそこにいたんですかっ」

玖乃がびくっと肩を跳ねさせ、勢い良く振り向いた。

どうやら鏡越しにバレたみたいだ。

「いるならいると言ってください……！　兄さんにはちゃんと綺麗《きれい》な1番のボクを見て欲しいですから……」

「ん？」

玖乃が何かぼそっと呟《つぶや》いた気がしたが聞き取れなかった。

ほっぺをぷくーっと膨らませた玖乃が俺を見る。

ちょっとお怒りのようだ。

「悪い悪いっ。真剣に髪型整えているから邪魔しちゃ悪いと思って。おはよう、玖乃！

「今日もいい朝だな！」

「むぅ……。おはようございます、兄さん。今日も兄さんは元気ですね。朝ごはんの用意はできてますよ」

「メニューを聞いても？」

「豚汁《とんじる》うどんとほうれん草のおひたし。それと、焼きおにぎりにしてみました」

「最高っ。よし！　おかわりする！」

俺がそう言えば、玖乃は笑みを深めたのだった。

そういや、イケメンで男性護衛官と言えば玖乃もその例外ではない。

じゃあ玖乃も実は……って、いやいや、こういう考え方はやめよう。

だって、玖乃のことを「こいつ、実は女の子なのか？」「女の子ということはおちんちん付いていないのか！」などと、探りを入れながら見るなんて、ぎこちなくなるだろうし……玖乃だってそんな視線を送られたら居心地が悪いだろう。

何より、俺が勘違いしているのなら玖乃から本当のことを話して欲しい。

本当のことを言って、玖乃が素直になれた時には……俺たちは兄弟以上の何かになれるんじゃないかって……思うんだよな。

第一章『もう1人の男性護衛官』

夕食時。家族3人で食卓を囲む。

「んぅ〜！　このトンカツ美味《うま》っ」

1口頬張った瞬間、思わず声が漏れた。

揚げたてサクサクの衣を嚙《か》みしめれば、肉の旨《うま》みがじゅわっと口に広がる。

そこに熱々の白米をかき込めば、至福の時間……。

「美味っ。これは美味すぎる……」

箸が止まらず、大盛りにしたはずの米がもうなくなりそうだ。

ああ、カツもあと3切れ……大事に食べないと。

「郁人《いくと》はいつにも増して美味《おい》しそうに食べるわねぇー」

母さんがクスッと笑いながら俺を見ていることに気づく。

「そりゃ美味いからな！　美味いものは人を夢中にさせる！」

「はいはい、そうね。ほら、口元に米粒が付いているわよ」

母さんが笑いながら自分の口をつんつんと指で触れた。

同じようなところを触れれば、米粒が取れたので食べるのを再開。

もぐもぐとトンカツを堪能していると……正面に座る玖乃《くの》とぱちっと視線が合った。

「ん？　また米粒付いているか？」

「いえ、付いていませんが……。お母さんの言う通り、兄さんは本当に美味しそうに食べると思いまして」

そう言って、玖乃は微笑を浮かべた。

今日の料理当番は玖乃だ。

つまり、この絶品トンカツを作ったのは玖乃……。

うちの弟天才すぎない？

店出せるよ。常連になるわ。

それか、まかない狙いで従業員として働きたい！

「兄さんを見ていると、ボクも作り甲斐《がい》があります」

「じゃあ、これからもたくさん食べる！　てか、玖乃って料理当番が回ってくるたびに料理の腕が上がってるよな〜」

「そうですか？　自分ではいつも通りに作っているだけなんですけどね」

「ほほう、無自覚ってやつかぁ」

女の子たちに対しても、無自覚に照れさせてるに違いない！

「無自覚って……兄さんには絶対言われたくありませんけど」

玖乃にジト目を向けられる。

ちょっと不機嫌気味？　なんで⁉

「まあまあ、玖乃。郁人が馬鹿なのは生まれつきだから。それにしても、玖乃は本当に料理が上手《うま》くなったわね～。最初の頃は私に付きっきりで教わっていたというのに、今じゃ味も凄《すご》く美味しいし、レパートリーも豊富だし……これはお母さん、越されちゃったかしら？」

「い、いえ！　ボクなんてまだまだですが……。あ、ありがとうございますお母さん」

母さんの言葉に謙遜しつつも、うっすら頬を赤らめて嬉《うれ》しそうな玖乃である。

てか母さん今、俺のことさらっとディスってなかった⁉

それからも会話しつつ、玖乃が作った絶品トンカツを堪能している時。

「郁人、玖乃。最近の学校生活はどうかしら？」

母さんからそんな話題を振られ、俺と玖乃は箸を止めた。

少し間を置いた後……俺から口を開く。

「俺は楽しいよ！　林間学校はいろんな人と話したし……最近、クラスの女子たちから話しかけてもらえるようになって嬉しい！」

そう言えば、母さんはやれやれと呆《あき》れつつも、どこか安心したような笑みを浮かべた。

「むぅ……」

一方、玖乃はぷくっーと頬を膨らませてこちらを見てくる。

「玖乃どうした？　ほっぺた膨らませ勝負でもしたいのか？」

「兄さん、油断してはいけませんよ？」

おっと、無視された。これは過保護モード発動か？

「女性は皆、肉食系であり、ガツガツ迫ってきますし、それに男性のことを無茶苦茶《むちゃくちゃ》にしたい願望を持っている人が多いのを忘れないでください」

「はいはい、分かった……って、後半は初めて聞いたんだが⁉」

無茶苦茶にしたいって……とても女の子の願望を表現するワードじゃ……って、ここ貞操逆転世界だったわ。

性欲は女性の方が強い。

つまり、玖乃の言っていることはあながち冗談ではなく……。

ま、まあ？　俺は、筋トレしているし、無茶苦茶にされる前に抵抗できるから大丈夫だろう……！

「兄さん？　自分は大丈夫とか思いませんでした？」

「うえっ！　そ、そんなことはないぞー？」

「分かりやすい反応ありがとうございます。全く、兄さんは……。少しは危機感を持ってください。でないと、兄さんの魅力を独り占めしたい女性たちに強引に押し倒されて……。真剣に好意を持っている人ならまだしも、身体《からだ》目当てで兄さんが無理やり襲われた日にはボクは……」

目のハイライトまで消えてきた気がする玖乃。

淡々とした早口を続行する前に俺は慌てて口を挟んだ。

「いやいや！　話しかけてくれるようになったとはいえ、別にモテているわけじゃないから襲われることなんてないだろっ。それに、俺の隣には常に留衣《るい》がいてくれるし！　もし、襲われそうになったら留衣が守ってくれるはずっ」

俺は担当護衛官であり、ハイスペックイケメンな留衣の名前を挙げる。

留衣はうちの家族から信頼されているからな！

「留衣さんが隣にいてくれるのは安心ですけど……。いや、最近の留衣さんはどうでしょう。以前と変わらない関係を維持しているようですがそろそろ何か動きがあっても……」

過保護モード続行中なのか、何やらぶつぶつ言い始めた玖乃。

一方で母さんは、気楽げに微笑《ほほえ》みを浮かべていた。

「郁人は予想通りで良かったわ。楽しいって感想が出てくるのは護衛官やってくれている遠坂《とおさか》くんの……って、郁人もようやくわかったことだし、留衣ちゃんで良いわね。これも留衣ちゃんのおかげね。ちゃんとお礼は言いなさいよ？」

「もちろん！」

「さて、玖乃はどうかしら？　まだ答えていなかったわよね？」

母さんが玖乃に視線を向け、俺も向ける。

「ボクは至って普通の学校生活を送っていますよ」

「そう。普通ってことは大きな問題はなく過ごせているってことで安心したわ。でも私は、その普通の中身をもう少し知りたいわね？」

「俺も知りたーい！」

学校での玖乃はまた違った感じだろうし、友達とはどんなことを話すのか。

男性護衛官のこととか、可愛《かわい》い女の子の話とかも聞きたい！

「……ボクなんかの話を聞いても面白くありませんよ？　ボクは兄さんやお母さんの話を聞いている方がいいですから」

玖乃は苦笑をひとつ漏らした後、箸を持ってトンカツを食べるのを再開した。

俺と母さんは見合う。

玖乃はやっぱり……自分のことを話したがらないよなぁ。

母さんも無理強いはしないのか、それ以上は何も聞かなかったし、俺も次の機会にでも玖乃の話を聞けたらなぁと思うのだった。

◆◆

林間学校から気づけば1ヶ月ほどが経《た》っていた。

最近は日が経つのが早く感じる。

まじで1週間経つの早いよなぁ〜。

それと、クラスにもちょっとした変化……成長が見えていた。

「お、おはよう」

「おはよう、ございます……」

クラスの貴重な男子である高橋《たかはし》と田中《たなか》が教室に入る。

そう。クラスの女子にさえ怯《おび》えていた2人が今は自分から声を掛けるようになったのだ。

とはいえ、一言二言ぐらいで視線はキョロキョロと落ち着かないし、未《いま》だに男性護衛官の背後に隠れて歩いているけど。

それでも、以前のアイツらを知っていればこれは大きな成長だ。

林間学校2日目にあった、ペアで会話しながら森の中をウォーキングするイベントを経て、女子と話すことへのハードルが少しは下がったみたいだな。

一方、女子側はというと、高橋と田中から挨拶されると楽しそうにお喋《しゃべ》りしていたのをぴたりと止めて……。

「おはよう高橋く〜ん！　挨拶してくれてありがとう〜！」

「やったっ。田中くん今、私に挨拶してくれたぁ〜！」

「ちょっと！　田中くんは私に挨拶してくれたんだしー！」

「あの怯えた目も癖になるけどぉ……やっぱり優しくされる方が気持ちがいいわ〜」

女子側の反応は相変わらず、オーバーリアクションだ。

まあ、クラスは賑《にぎ》やかな方が俺は好きだけど。

で……なんで俺が心の中で実況できているかというと、今日も今日とて1番後ろの自席でその光景を眺めていたから。

そんな俺にも、変化があって——

「おはよう市瀬《いちせ》くんっ」

「市瀬くんっ、元気ですか……！」

女子２人がおずおずと俺の席近くまで来て、声を掛けてくれた。

「おはよう。おう、今日も俺は元気だぞ！」

明るく言って笑えば、女子たちは男子から反応がもらえたのが嬉しかったのか、自分たちの席に戻った時にはきゃっきゃっと盛り上がっていた。

俺も女子に話しかけてもらえるようになったのだ。

「それにしても、挨拶を返しただけで喜ばれるとは……やっぱり男は貴重なんだなぁ」

こういう反応ひとつ取っても、元の世界との違いを感じる。

「俺も女子に話しかけられて嬉しいけど！」

いつかは言い寄られるぐらいモテてみたいよなぁ〜。

などと思っていれば……ぐいっと横から袖口が大きく引っ張られた。

「ねぇ、郁人」

「っとと」

横に倒れ込みそうになったものの、踏ん張る。これでも身体鍛えているからな！

それで引っ張ってきたのは、銀髪ショートに切れ長の瞳に整った顔立ち。

今日もイケメンな俺の担当護衛官の留衣だ。

「どうした、留衣？　もしかして、俺がニヤついていたからキモくて思わず引っ張ったとか？」

「確かに、ニヤけてはいたね」

えっ、冗談で言ったつもりが本当にニヤけていたんだ俺……。は、恥ずかしい！

「それで郁人……女の子たちと話すの、楽しい？」

「おう、楽しいぞ！　これも留衣のおかげだな」

留衣が少し前から俺と女子との仲を取り持つような言動をしていることには気づいていた。

現に今の2人だって、直前に留衣が手招きしていた。タイミングを教えていたのだろう。

そんな留衣のおかげで最近は、クラスの女子から声を掛けてもらえるようになったのだ。

「ありがとうな、留衣。やっぱり留衣が隣にいてくれると学校生活が楽しくなるわっ」

「郁人に喜んでもらえて男性護衛官冥利に尽きるよ。ただ、わたし自身としては……」

「留衣？」

留衣は少し顔を顰《しか》めたが、すぐいつもの爽やかな表情に戻った。

「なんでもないよ」

「そっか」

留衣がそう言うなら、無理に聞き返さないでおこう。

「でもまあ……郁人は周りの女の子たちのことをよく見て、色々と気づくことがあってもいいかもしれないね。……隣にいるわたしも含めて」

最後の言葉はぼそっと呟《つぶや》かれたので聞き取れなかったが……。

「周りの女の子たちのことをよく見て……。ふむ、うちのクラスの女子は今日も皆、可愛いな」

「「「!?」」」

瞬間、クラスにいる女子全員が一斉にこっちを向いたような気がした。

本当のことだし、別に言っても問題ないよな？

「アイツ、またやってるぞ……」

「あはは……市瀬くんらしいね」

なんか高橋と田中の視線も向いているような気がするが、お前らには別に可愛いとは言っていないぞ。

「あー……無自覚女たらし発言しちゃってるね。郁人に声を掛けられるようになったとはいえ、ほとんどの女子は君の対応に慣れていないのに……。その言葉は刺激が強すぎるよ？」

いや、俺、別に普通のことしか言ってないと思うのだが？

そう思っていたのが顔に出ていたのか、留衣はため息をこぼした。

「ほんと、郁人は――」

「あっ、その可愛いにはもちろん、留衣も含まれているからな！」

大事なことなので留衣の言葉を遮ってしまったが伝える。

俺はもう、留衣のことを男だと勘違いしていない。


『郁人――わたしの本当の姿を見て』


留衣の口から、本当の姿を明かしてくれたから。

高身長で巨乳でなんでも完璧にできるけど、その裏ではたくさん努力しているカッコよくて可愛い女の子。

それが改めて俺が思った遠坂留衣だ。

「っ、それはズルいよ……」

留衣が慌てるように俺から顔を逸《そ》らした。

綺麗《きれい》な銀髪ショートから見えるその耳は赤く染まっている。

と……留衣の顔がこちらにゆっくりと戻ってきた。

「郁人……たらし度上がってきてない？」

「たらし度ってなんだよ。みたらし団子のタレの量が増えるなら大歓迎だが」

「……」

呆《あき》れたような視線を留衣から送られた。

みたらし団子美味《おい》しいのに。

「そんな無自覚な発言ばかりしていると、肉食女子にすぐに襲われるよ？」

「俺の隣には留衣がいてくれるから大丈夫だろ。もちろん、俺も留衣の隣にいるから何かあればすぐに助けるし！」

にしっと歯を見せて笑いながら、指でブイのサインを作る。

「俺たち２人なら大丈夫だろっ」

「もう、お気楽なんだから……。ふふっ」

どこかまだ呆れが残るものの、留衣は口に手を当ててくすりと笑った。

今の留衣は王子様というよりも、普通の女の子という感じがした。

いや、まあ、留衣は女の子なんだけどさ！　それも、めちゃくちゃ可愛い！

それ以上はなんというか、うまく説明できないが……。

と、とにかく！　普段の王子様スタイルの留衣とは違った感じに見えた。って、落ち着け俺っ。

少し落ち着くためにも、ひと呼吸入れていると。

「市瀬君って、遠坂君のことやっと女の子だと気づいたんだよね？」

「男子って、女子ってだけで本能的に警戒するから、２人のその後が心配だったけど……」

「なんか……前よりもお似合い度が増してるんだけど⁉」

「お互いを信頼し合っている関係……尊い超えて、もはや理想の男女かもっ」

ふと、女子たちがチラチラこちらを見てはざわついていることに気づく。

そういえば、最近やけに女子からの視線を感じる。

以前も視線を感じていたが……あれは俺が留衣のことを男だと勘違いしていたから、早く気づいてあげて、という念のような感じだったはず。

でも、今の俺は留衣のことを勘違いなんてしていないし、今度のはなんだか生温かいような視線が集められているような……？　なんで？

「市瀬君と遠坂君は今日も仲睦《なかむつ》まじいですね〜」

そんな時、優しげながらも透き通った声が耳に入ってきた。

そちらに目を向けると、艶《つや》やかな茶髪を耳にかけてこちらに近づくのは、鹿屋《かのや》さん。

ふわふわおっとりした雰囲気ながらも、一言でクラスを纏《まと》めることができる委員長でもある。

そして……。

『ヒントになるか分かりませんが……回答の仕方は〝私が昔はどういう子だった〟にします』

『――また会いたかったよ、いっくん』

俺は昔、鹿屋さんと出会っているらしい。

それに、『いっくん』という懐かしいと感じるあだ名……。

今は頭にモヤがかかったように思い出せないが……本人も待っていることだろうし、早く思い出したい。

でも、今はとりあえず挨拶だ。

「おはよう、鹿屋さん！」

「はい、おはようございます。市瀬君は今日も元気いっぱいで可愛《かわい》いですね～」

鹿屋さんは柔らかく微笑《ほほえ》む。

その動作だけでも上品かつ綺麗で思わずドキッとしてしまう。

てか、可愛いって……俺には似つかわしくない言葉だと思うのだが？

「なあ、留衣。俺ってもしや、女装とか似合ったりするのか？」

「そういう意味での可愛いではないと思うよ」

「だよな。想像したけど、女装とか絶対に似合わねぇと思ったし」

そもそも、衣装サイズが合わなくてパツパツになりそう。ただの変質者だな。

「あら、私は市瀬君の女装姿に興味ありますよ。私に声を掛けてくだされば、お好みの洋服をすぐにお届けできるように手配しますから、是非是非～」

鹿屋さんがさっきよりテンション高めに微笑む。

そういえば鹿屋さんは、人気ファッションブランドを取り纏める実業家の一人娘でもあるんだよなぁ。

「ではまず、メイド服から――」

「って、もう手配しようとしているし、初手からハードル高すぎない!?」

「そうでしょうか？」

「そうです！」

「なら、こうしましょうか。いくら出せば、個人契約できますか？」

「もはや、メイドとして雇おうとしてる⁉」

「それぐらい市瀬君の女装には需要と価値がありますからね。そうだと思いませんか、遠坂君？」

「ま、まあ……メイド服姿の郁人を見たくないと言ったら嘘《うそ》になるよね」

おっとり美少女とイケメン美少女の前でメイド服になるとか、罰ゲームの方がしっくりくるんだが？

などと、鹿屋さんにも話しかけてもらえ、以前よりも楽しい学校生活を送っているのだった。

「さて、もうすぐチャイムが鳴りますので皆さん席に着きましょうか」

鹿屋さんが手を数回叩《たた》けば、男子の席周辺に集まっていた女子たちが席に戻っていく。

朝のホームルームの時間。

赤いジャージがトレードマークな担任。最近では、『きよちゃん』などのあだ名で呼ばれている、聖美《きよみ》先生がどこか気怠《けだる》げながらも連絡事項を淡々と話していく。

「——以上で連絡を終わる。今日も1日しっかり頑張れよー。ああ、それと」

これで話が終わると思いきや、聖美先生は何か思い出したように声を漏らした。

「入学式後の短縮授業の時にも話していたことだと思うが……念のため、もう一度言っておく」

こほんっと咳払《せきばら》いをしてから聖美先生は話し始めた。

「うちの学校には部活動というものはない。そういう活動がしたいのであれば、『課外活動』ということになるな」

「課外活動……」

元の世界では、サッカー部に入っていた友達とかは、部活で練習し足りないないから自主練習みたいな感じで他のスポーツチーム入っていたりはしたけどな。

などと、元の世界の記憶を思い出しつつ、聖美先生に目を向ければ、何やら続きがあるようで。

「うちの学校に部活がないのは……まあ、ぶっちゃけ言えば、男子がいる部活に女子が分かりやすく殺到するからだな。中学でもおんなじ光景見たこと、やったことあるんじゃないのか？　なあ、女子ども？」

教室全体から「うっ……」と図星のような雰囲気が漂う。

隣の留衣にチラッと視線を向ければ、目が合った留衣は「あはは……」と苦笑していた。

「自覚あるやつがほとんどだな。男子との出会いの場所という違った趣旨になるから、鳳《ほう》銘《めい》高校じゃ部活動を廃止したってわけだ。まあ、部活がなくなってアタシら教師としては正直、ありがたいけどな。部活をやれば、顧問という見張り役は学校関係者から出さないといけない。ただでさえ授業をして、男子の安全に気を配っているっていうのに……放課後までそれが延長されるなんてたまったもんじゃない。超めんどくせぇ。アタシだって早く帰ってダラダラしたいんだ。今だってもう家に帰ってキンキンのビール飲みたいしなぁ……」

聖美先生が清々《すがすが》しいほどハッキリ語る。

口調もちょっと乱暴になりがちでガチの本音ということが分かる。

ただ、教師的な立場としてそれを生徒の前で言うのはちょっと危なくないか？　と思いつつも……確かに長時間、それも気を張って仕事するのは大変だよなぁ。

「ってことで、課外活動をしたいやつは各々で調べてやるようにー」

そうして話を締めくくった聖美先生。

課外活動うんぬんよりも教師のリアルな事情の方が頭に残ったのは俺だけではなかったようで、皆、苦笑を浮かべたり、「きよちゃんまじお疲れ様〜！」「今度、ジュース奢《おご》ってあげる〜」などと、労《ねぎら》いの言葉を掛ける女子もいるのだった。

貞操逆転世界の教師って、色々と大変そうだなぁ。

今日の授業はできるだけ寝ないように頑張ろうと俺も気合いが入ったのだった。

◆◆

今日の授業は朝の件もあり、俺もクラスの皆もいつもより真面目《まじめ》に聞いていた気がした。

そして、夕食時はいつもよりお腹《なか》が減っていた。

「ん！　うまいっ」

母さんが作ったビーフシチューを堪能しつつも、学校でのことを話す。

「今日さー、うちの学校は部活動がないけど、課外活動をする分にはＯＫっていう話があったんだけど、玖乃の中学でもそうなのか？」

「そうですね。ボクの学校でも部活動はないです。でも、学校生活に支障が出ない範囲なら、課外活動は認められていますよ」

「おお、大体同じだな。にしても、その課外活動もどんなのがあるんだろうな」

貞操逆転世界ならではの競技とかあったら面白いよなぁー。

「クラスメイトは、バレーやバスケットなどの球技。空手などの護身術。ピアノやダンスをしている人もいると聞きます」

「へぇー、玖乃の周りには活発な子が多いんだな」

「女子自体がそういう生き物ですから」

貞操逆転世界ならではの言葉だな。

「玖乃は課外活動とか興味あるのか？」

「ボクは男性護衛官の仕事があるので今は考えていませんね」

「そっか」

「兄さんは課外活動したいのですか？」

「そうだなぁ。留衣と寄り道するのが楽しいし、俺も今は考えてないなー。でも、課外活動だったら普段、学校が違う人とも交流ができるだろうし楽しそうだよな」

「兄さんなら誰とでも仲良くなれそうですもんね」

「まあ、相性もあるけどな。それと、課外活動なら玖乃とも一緒に何かできるってことだろ？　それも楽しそうだ」

「兄さん……。そうですね。兄さんと一緒ならどんなことでも楽しくできそうです」

玖乃は微笑を浮かべた。

その隣で、母さんも口元に笑みを浮かべていた。

今日はちょっとだけ玖乃から話を聞けた気がして良かったな。

◆◆

午前中の授業が全て終わり、昼休みがやってきた。

昼休みといえば、用意した昼食を男子に受け取ってもらいたい女子たちVS怯《おび》える男子を守る男性護衛官の攻防戦が見られるのだが……今日はちょっと違った展開になっていた。

「男子と男性護衛官だけで『大事な話』をしながらの昼休みになるから、今日は声を掛けるのは控えてもらえると助かるなぁ～」

「『大事な話』をするためにもスムーズに移動したいので、皆さんご協力をお願いします」

真剣な口調で告げるのは、高橋と田中の担当護衛官である灯崎《あかりざき》くんと上嬢《かみじょう》くん。

2人が男子を庇《かば》うように前に立っているのはいつも通りだが……発言はいつもと違う。

しかも、警戒というよりも真面目な雰囲気が漂っていた。

「……そっか。それなら仕方ないね～」

「でも大事な話って何なんだろう？」

「もしかして、私たち女子に対する対策会議だったりしてっ」

いつもとは違う男性護衛官の対応と『大事な話』が気になる様子だったが、女子たちはすんなり自分たちの席へと戻っていった。

「へぇー、こういう平和な日もあるんだなぁ……って、男子と男性護衛官ってことは俺たちも含まれてるのか、留衣？」

「そうだね。じゃあ行こうか、郁人」

留衣が微笑《ほほえ》みを浮かべ、立ち上がる。

どうやら別の場所に移動するようだ。

ちなみに俺は、何も聞かされていない。

一体、何を話し合うのか……ごくり──


「第１回男子＆男性護衛官親睦会を始めちゃうよー！　ぱちぱちぱち〜！　はい、じゃあ皆、乾杯〜！」

灯崎くんの明るい声が青空の下、屋上に響き渡る。

続けて、用意されていたお茶入りのコップを掲げた俺たち。

「乾杯〜！　……って、真面目な話し合いじゃないの!?」

お茶を１口飲んでから、俺は驚きの声を上げた。

教室での灯崎くんと上嬢くんの出す雰囲気からてっきり真面目な話……それこそ、深刻な話もあるのではないかと思っていたのだが……。

「あれはねぇ～。わざとそういう雰囲気を出していただけだよ～。まあ、教室では男性護衛官として振る舞わなきゃいけないからいつも真面目だけどね～」

と、今は真面目モードではないのか、にひーっと口元を緩めながらこちらにピースサインする灯崎くん。

ということは、俺は騙《だま》されたのか……。

いや、騙されたじゃなくない？

うーん、と首を捻《ひね》っていると、上嬢くんが俺の考えを読んだかのように口を開いた。

「いきなり連れ出してしまい申し訳ありません、市瀬さん。ちゃんと理由を説明しますね。澪《みお》さんと留衣さんも一緒に説明をお願いします」

「は～い」

「うん、分かったよ」

これは俺だけ知らなかったパターンかな？

「実は澪さんと留衣さんとは少し前から男子と担当護衛官がゆっくり話せる場を設けたいと話していまして……」

「せっかく同じクラスになったんだもん！　男子と男性護衛官もお互い仲を深めたいじゃ

ん！　けど、普段はそれぞれ忙しいというかー、周りが騒がしいからお互いにゆっくり話す機会って中々取れないから～」

「思い切って、男子と男性護衛官だけが集まる親睦会を開催しようって話したんだよね」

3人の言葉を聞いてから、俺はふと少し前のことを思い出す。

俺も灯崎くんと上嬢くんと話したのは、職員室前でバッタリ会ったあの日が初めてだった。

高橋と田中とは、男性護衛官の集会がある時に隣の待機教室で顔を合わせるし、そこで話すことができるが……男性護衛官は日々忙しそうだし、話せる機会はそうそうなさそうだよなぁ。

「それに、クラスの女子たちとは親睦を深める食事会をやったけど、男子はそういうのなかったなぁと思って。ああ、クラスの親睦会は男子に内緒でやったわけじゃないよ。誘っても来ないって分かってたから、最初から誘わなかっただけだよ～」

えっ、俺は誘われたら行ったのに!?

「郁人だけは女子ばかりの親睦会でも行っただろうね」

留衣は俺の心を見透かしたかのようにそう言って微笑んだ。大当たり。

「それで、親睦会をやるにしても外だと落ち着かないだろうし、休日にわざわざっていうのもなんだし……だから昼休みの時間を利用して開催することにしたんだぁ〜」

「ただ問題は、教室を出るまでに毎回時間がかかってしまっていること。田中さんも高橋さんも毎回、クラスの皆さんに言い寄られていますからね」

名前が呼ばれなかった俺としては、「同じ男子であるはずの俺は、何故《なぜ》か女子に言い寄られていないんだけど⁉」というツッコミをしたいけど……今は我慢我慢っ。

「そこをどうしようか考えたんだけど〜。そんな時に昨日の朝のホームルームで聖美先生が途中から真剣な顔で本音をぶちまけてたことがあったじゃん？　あの時、周りを見回したら皆、冷やかさずにちゃんと聞いていたからさー。それを見て、わたしたちも真面目な感じで話せば、皆、優しいからスムーズに親睦会ができるんじゃないかって思ったんだよね〜」

「それで、澪と恋《れん》がさっきのように真面目な雰囲気を出してスムーズに移動できて今に至るってわけだね」

留衣が締めくくった。

1〜10まで丁寧に説明してもらい、彼女たちがこの親睦会を慎重に計画していたことがよく伝わった。

そして……。

「男子&男性護衛官親睦会……めっちゃいいな！　俺も皆と仲を深める時間欲しかったから、呼んでくれてありがとう！」

「市瀬くんならそう言うと思ったよ〜」

「ありがとうございます、市瀬さん」

灯崎くんと上嬢くんが微笑む。

どこかほっとした様子にも見えた。

「郁人ならこういうの好きそうだし。当日、それも急に知らせることになっちゃったけど……こっちの方が正解だったかな？」

隣の留衣も微笑みを浮かべた。

「おう、俺はサプライズとか好きだからこっちの方が嬉《うれ》しいなっ。というか、高橋と田中もここにいるってことは、この親睦会には賛成ってことでいいんだよな？」

「俺は灯崎から誘われたからで……。それに、参加するメンバーも安全そうだからと思ったからだ」

「僕は上嬢さんから事前に説明受けて、楽しそうだと思ったからだよ」

高橋はぶっきらぼう気味に、田中は笑みを浮かべて言った。

男性護衛官という役目抜きにして、灯崎くん、上嬢くんそれぞれに信頼を置いている感じでいいな！

それからの話は弁当を食べながらにしようということで、各々弁当を広げて食べ始める。

「ん、この大葉とチーズの肉巻き美味《うま》いね」

「おっ、気に入ってもらえて良かった。作るのも簡単なんだぞ」

「そうなんだ。ということは、今日のお弁当は郁人が作ったのかな？」

「ご名答！」

今日のお弁当当番は俺である。

最近はアレンジレシピにハマっており、肉巻き以外のおかずも簡単だがちょっと工夫して美味いものを作ってみた。

「林間学校の時も改めて思ったけど、郁人は料理が上手だよね。わたしは料理ができないから本当に凄《すご》いと思うよ。このコーン入りポテトサラダも美味《おい》しいよ」

「ベタ褒めありがとうっ。俺も最初は全く料理できなかったけどな」

「そうなんだ。ん、これも美味しいね」

1口1口丁寧に口に入れながらも、感想を言ってくれる留衣。

やっぱり褒めてくれる人がいると嬉しいよな！

美味しそうに食べてくれる留衣を見るのもほどほどに……今日は留衣以外のメンバーと

もご飯を食べているので、そっちにも目を向けてみる。

「おっ。高橋と田中の弁当美味そうだなぁー」

人のお弁当の中身をじろじろ見るのは悪いと思いつつ……栄養バランスが良く、彩り豊かな弁当に視線が釘付けになる。

「実は、高橋くんのお弁当はわたしが作っているんだ～」

「田中くんのお弁当はわたしですね」

弁当から顔を上げ、声の主である灯崎くんと上嬢くんに目を向ける。

「なん、だと……」

ってことは、高橋と田中は美少女の手料理を食べているということか‼

高橋と田中を見れば、２人は黙々と弁当を食っていた。

いや、もっと照れたり、喜んだりとかリアクションして食べなさいよ！

元の世界の男たちが今の光景見たら、発狂ものよ！

羨ましすぎて血涙流しているぞ！

背後と夜道には気をつけろって言われてるぞ！

「ちなみに、いつから作っているか聞いても？」

「う～ん、林間学校のちょっと前ぐらいからかな？　だよね、れんちゃん？」

「そうですね。わたしたちは元々お弁当を持参していましたし、作るお弁当が1個増えても手間はあまり掛かりませんから、お試しで提案してみたんです」

「そうそう！　それに、わたしたちが担当男子の分の弁当を作るようになってから皆もなんだか無理に迫ってこなくなってー。高橋くんも田中くんも安心できるって言うから、今は週に3日は作ってきてるんだよねぇ〜。これは市瀬くんのを真似《まね》しちゃった〜」

「元々は、市瀬さんと留衣さんのお弁当のやり取りを見て参考にさせてもらった感じではありますね」

にこやかに話す灯崎くんと上嬢くん。

それこそ、当たり前のことをしているといった具合だ。

でも、いくら男性護衛官の立場だからといっても、お弁当を作ること、そして、作ってもらうことが当たり前だと……さらっと流してはいけないいな。

特に、男ども。

「おい、お前ら！　自分の分までお弁当作ってもらっているんだからお礼はちゃんと言えよ！　あと、一言でもいいからお弁当の感想も言う！」

黙々と食べ進めている高橋と田中に、俺は目をかっぴらいてはっきりと言ってやる。

「いいか？　自分のついでだろうが手間にならないだろうが、食べてもらう人に喜んでもらいたくてお弁当を作っていることには変わりはないんだぞ！　だからちゃんとお礼や感想を言う！」

「美味しい」や「ありがとう」の一言でも、作った人にとってそれが1番嬉しいお返しだからな。俺とかそうだし！

「ま、まあ……。そうだな……」

「わざわざ作ってもらっているから……」

俺に言われて、さすがの高橋と田中も何か言わないとと思ったのか、箸を置いて……。

「灯崎っ。そ、その……このハンバーグうまいぞ」

「上嬢さん、このカニクリームコロッケ甘くてすっごく美味しいよ……！」

高橋は照れくさいのかぶっきらぼうに褒め、田中はよほど気に入ったのか顔を明るくさせて褒めた。

「あ、ありがとう〜！　高橋くんっ」

「ありがとうございます、田中さん」

灯崎くんも上嬢くんもほんのり頬を染めつつ、嬉しそうな様子だ。

「青春しやがって！　くっっっっ羨ましいっ！」

目の前の甘酸っぱい雰囲気に羨ましさと悔しさを感じつつ、タケノコご飯を掻《か》き込む。

自分で作った飯が美味い！　美味い!!

でも俺もいつか、美少女の手作り弁当とか食えたらなぁ〜！

「……手作りのお弁当。そのためには料理ができないと……」

ふと視線を横に流せば、留衣が人差し指を顎に添え、そのまま何かを考えるように静止していた。

その姿もイケメンであるが……何か悩んでる？

「留衣？」

「いや、なんでもないよ」

俺の視線に気づいた留衣はにこっと爽やかな笑みを向けた。

んー……何を考えていたんだろ？

「あっ、郁人。むっ、って左頬を膨らませてくれないかい？」

「むっ」

言われた通り、ぷくっと左頬を膨らませる。

「ここに米粒がねぇ……はい、取れたよ」

「ありがと！」

「いえいえ。郁人は食べることに夢中になると口元や頬に付けがちだよね」

「なんか付いちゃうんだよなぁー。じゃあ取ってくれたお礼に……この甘ダレの唐揚げをあげよう！」

甘じょっぱいタレの付いた1口大の唐揚げを箸で持ち上げ、留衣のお弁当に入れようと。

「あっ、待って」

「おっとっ。別のおかずが良かったか？」

「いや、そうじゃなくてね。その……」

「？」

「お礼というのなら、郁人が食べさせてくれないかい？」

「俺が？　いいぞ」

思わぬリクエストに驚いたが、留衣に頼まれたのならやるしかない！

1口大の甘ダレ唐揚げを留衣の前に差し出す。

「ほい、あーん」

「あー……んっ」

大きく口を開けてパクッと1口で食べた留衣。瞬間、頬が緩んだ。

どうやらこの甘ダレ唐揚げは留衣のお気に召したみたいだ。

また今度作る時には、留衣の分は多めに入れておくか。

「……ほんと、わたしが実は女の子って気づいてからも、こういうことは平然とやるんだから。わたしはドキドキしてるのに……。今度からは異性として意識してもらわないとなぁ」

留衣が何かぼやいたような気がしたが、まあ大丈夫かな？

「(いやいや、今の何⁉　あの２人……まだ付き合ってないいんだよね？　距離感近くないっ。バグってない⁉)」

「(これでは、市瀬さんにお弁当を渡したい女子やお昼を一緒にしたいと密《ひそ》かに思っている女子たちが結局、遠慮してしまう理由も分かりますね……)」

灯崎くんと上嬢くんがこちらを見て、何やらひそひそと耳打ちし合っている。

もしや、俺の口元にまた何か付いてる？

留衣に顔を向ければ、俺の視線に気づいた留衣は微笑《ほほえ》むだけで何も言わなかった。

じゃあ米粒とか何も付いていないのか。良かった良かった！

「はいはい、みんな〜！　特に男子諸君！　今回は親睦会なんだし、お弁当を食べてハイ解散〜ってわけじゃないよ！」

食べ終わったのでお弁当を片付けている時、灯崎くんにそう声を掛けられた。

俺はまだ帰るつもりなんてさらさらなかったが、高橋と田中なんて立ちあがろうとしていたぞ。

「か、帰るんじゃないのかよ、灯崎っ」

「せっかくの親睦会なんだからまだあるよ〜」

「僕も皆と話しながらお弁当を食べて、十分楽しかったよ上嬢さん？」

「せっかくの親睦会ですからね。他にも楽しいことがありますよ」

そう言われた高橋と田中は意外とすんなり座り直した。

灯崎くんが後ろで何やらごそごそ……と、小さな紙が数枚入った箱を取り出した。

「今からはねー、『王様ゲーム』をするよ〜！」

「王様ゲーム？　確か、くじを引いて王様だったらなんでも命令できるやつだっけ？」

「その通りだよ、市瀬くんっ。ただーし！　あくまで親睦を深めるための王様ゲームだから、えっちな命令や無理な命令は禁止で！　命令も皆のことが知れるような感じがいいなぁ〜」

ほうほう。つまりは、「好きな食べ物はなんですか？」みたいな質問をゲーム形式で答えやすいようにしようってことかな。

「さあ、王様ゲームをやろ〜！」

灯崎くんのハキハキとした説明が終わり、もはや断る隙もなく王様ゲームは始まった。

「王様だーれだ！」の掛け声と同時にくじを引いて、紙に書かれている文字を確認するため、しばし場に沈黙が流れたが……。

「わたしだぁ〜！」

王冠のマークが描かれた紙を高々と上げたのは、灯崎くんだ。

つまり、灯崎くんが王様で命令する権利がある。

「じゃあ1〜5番は〜……名前と好きな食べ物と最近の趣味の3つを含めた自己紹介をしてくださーい！　まずは1番から！」

「い、1番は俺だ……」

高橋がビクッと肩を震わせて手を上げた。

「おお、高橋か。クックック……これは見ものだなぁ……」

「お前は誰目線で言ってるんだよ！　ったく……。お、俺は高橋蓮斗《れんと》。好きな食べ物は酢豚で最近の趣味は……そうだな。プラモデル作りはよくしてるな」

「おいおい、美少女プラモデルなんていい趣味してんなぁ〜」

「っ、なわけないだろ！　俺のはロボット系だ！　大体それだったらフィギュアだろ」

「そうとも言うな」

「お、おい灯崎っ。市瀬が冷やかしてくるぞっ。これアリかよっ」

「市瀬くんは場を盛り上げるためにやっているだろうからセーフラインかなぁー。だよね、市瀬くん？」

「もちろんだとも」

皆の視線を感じながら喋《しゃべ》るのは緊張するだろうから、ちょっと場を緩くしているだけだ。

まぁ？　３割ほどはさっきの美少女手作り弁当の嫉妬も混ざっていなくもないけどぉ？

「でもやりすぎには注意だからね！　市瀬くんにはるーちゃんが付いているし、大丈夫だと思うけどっ」

「高橋くん、嫌な時は言ってね？　その時はわたしが郁人のことを……」

ここで留衣が言葉を止めてニコッと爽やかな笑みを浮かべた。

「えっ、留衣サンっ。俺のことどうするつもりなの!?」

「なるほどな。今ので遠坂が市瀬の扱いが上手《うま》いことがよく分かったわ。今度から遠慮なく言うぜ」

高橋はフッと俺の方を見ながら言いやがった。

ちくしょうめ！　もっと恥ずかしいこと聞き出してやる作戦がっ。

それからも順に自己紹介をしていった。

ちなみに俺は、４番を引いた。

「俺は市瀬郁人。好きな食べ物は肉料理全般！　最近というか、筋トレはずっと続けているな。夏までに目指せシックスパック！」

「へぇー。市瀬くんって、筋トレしてるんだぁ〜」

「市瀬さんは林間学校の時には、重いものも軽々と持っていましたよね」

男子が筋トレしたりするのは珍しいのか、元から知っている留衣以外の４人は結構驚いた様子だった。

あと、留衣の好きな食べ物がチーズを使った料理という新たな情報を知れたし、お弁当や寄り道する店の参考にしようと思った。

皆の好みとか趣味とか聞いていて面白かった。

こういう平和な王様ゲームもいいな。

２回戦目に入る。

「王様は……おっ、俺が王様だ！」

王様の当たりくじを引いたのはまさかの俺。

こういうくじ系は当たったことがなかったので、まさか当たると思っていなかった。

「おい、これ終わりだろっ！」

「市瀬くん？　２番以外に命令してね……？」

高橋が騒ぎ、田中はなんか番号を言っちゃっているが……俺をなんだと思ってるんだ。

まあ本来なら、おっぱいは大きい派か小さい派か。タイプの女の子はどんな子とか命令して、恥ずかしがる高橋と田中の姿を高みの見物といきたいが……今回はやめとくとしよう。

灯崎くんと上嬢くん、留衣が慎重に計画した親睦会なわけだし、俺は揶揄《からか》いは入れても、空気をぶち壊しにするほどの大馬鹿者ではない。

「まあまあ諸君……今回の俺は真面目《まじめ》だから安心したまえっ。んじゃ、１番から５番は課外活動は何をしているかを答えてくれ！」

割と気になっていたことを答えるよう命令した。

高橋と田中は「やるわけない」とばかりに勢いよく首を横に振っていた。

課外活動といっても参加しているのはほぼ女子だし、しかも２人とは初対面になるだろう。

クラスの女子にさえまだ慣れていない２人にはハードルが高いか。

次に反応したのは、灯崎くんと上嬢くん。

「はいはーい！　わたしは週２で硬式テニスやっているよー！」

「わたしはピアノですね。幼稚園の頃からやっています」

「おお！」

2人のイメージにピッタリって感じだ。実際にやっているところも見てみたいな！

「留衣はどうだ？」

「澪と恋の後に言うのは少し恥ずかしいけど……わたしは課外活動はしていないよ」

最後の留衣が頬をかいて申し訳なさそうに言うが……課外活動をするかどうかは個人の自由だと思うし、やったからって偉いわけでもないと思う。

でも……。

「俺も課外活動はやっていないなぁー。じゃあ俺と留衣はこれから夢中になれることが見つかるのが楽しみだなっ」

「……！　うん、そうだね」

俺が笑いかければ、留衣は微笑を返してくれた。

「(やっぱり前よりも2人の雰囲気良くない？　良くないっ？)」

「(これはもう、よほどの強者以外2人の間に入ることはできませんねぇ……)」

灯崎くんと上嬢くんがまた顔を近づけて小声で何かを話している。

2人は仲がいいなぁ。見ていて微笑ましい。

「じゃあ3回戦いくよー！」

十分に混ぜたくじを皆で引く。

「あっ、わたしですね」

王様を引いたのは上嬢くんのようだ。

男性護衛官組はくじ運強いなぁー。

「先ほども言ったと思いますが、わたしは裁縫でぬいぐるみなど可愛《かわい》いものを作るのが好きです。そこで、３番と５番の方。貴方《あなた》の可愛い、または可愛がっているものを教えてください」

上嬢くんは自分の紹介を交えながら命令の内容を告げた。

さすが、上嬢くん。これなら命令されても答えやすいな！

「３番は僕だね」

田中が声を上げる。

「僕はさっきも趣味で言ったけど、アニメや漫画が好きだから、その中で可愛いと思うキャラはたくさんいるよー」

確かに、アニメのキャラって一目惚《ひとめぼ》れで可愛いって思う子結構いるよなぁ～。

「ちなみに、どんなキャラなんですか？」

「え？　えっと……」

まさか上嬢くんに聞き返されると思っていなかったのか、田中は少しびっくりした様子だったものの。

「僕はガツガツしたキャラより、大人しめで思いやりのあるキャラが好きかなぁ。女の子のキャラも可愛いって思うのはそういう系な子が多いし」

「そうなんですね。答えてくれてありがとうございます、田中さん」

「うん、いいよっ。上嬢さん今度また一緒にアニメメイド行こうね！　おすすめの本まだまだあるからっ」

「楽しみにしていますね」

上嬢くんが柔らかに微笑《ほほえ》む。

つか、田中が言っていた可愛いと思うキャラの特徴って……結構、上嬢くんに当てはまっていたり？

おっと、期待してもいいんですか？　ニヤニヤ……まあまあ、次の5番の人の話を一旦、聞こうじゃないか。

「次は5番だな。誰だ、誰だ〜……おお、俺か」

くじの紙を開いたらでっかく5って書かれていたわ。

「おめえかよ」

高橋のツッコミを受けつつ、俺は可愛いものを考える。

「俺も田中と同じでアニメや漫画のキャラで可愛いって思う子はたくさんいるが……答え方は被《かぶ》んない方がいい？」

「市瀬さんが他にあるのでしたら、そちらの方がいいですね。でも無理はしなくて大丈夫ですよ？」

「あっ、わたしには後で好みのキャラ教えてね」

上嬢くん優しいなぁとか思っていたら、留衣が続けてそう言った。

俺の好みのキャラなんか知ってどうするんだろ？

まあ今は別の可愛いと思うものを考えよう。

可愛いというか、可愛がっている方がいいかな。

「そうだなぁー。俺が可愛がっているのはやっぱり、玖乃だなぁ〜」

うちの弟は過保護で可愛いですから。

クールと見せて、実は照れ屋だったり、不満な時とかは頬をぷくーっと分かりやすく膨らませがちなところとか。

あの膨れたほっぺたつついたら怒るのかな？　今度試してみよっ。

そんな思考を巡らせつつ、視線を戻せば灯崎くんと上嬢くんが疑問気味に小首を傾《かし》げていた。

「くの？　もしかして、市瀬くんのキョウダイ！」

「そういえば、市瀬さんには弟がいると女子の間で話題になっていましたね」

「えっ、そうなの？」

玖乃の話は林間学校で同じ班になった人にしか話してないが……女子の噂《うわさ》は広まるのは早いということか？

「正確には1つ年下のいとこなんだけどな。留衣は会ったことあるよなー」

「うん。玖乃くんは礼儀正しい美少年って感じだね」

「へぇ〜、美少年系！」

「市瀬さんのいとこというところも気になりますね」

「そのいとこと市瀬は一緒に住んでるってことだよな？」

「市瀬くんと一緒に過ごしているなら、ちょっと変わった男の子なのかな？」

興味が出たとばかりに皆、俺の次の言葉を待っている。

なら、説明してやろうじゃないか！

「うちの玖乃はなぁ、美少年な上に学校では〝男性護衛官〟をこなし、家では家事や料理も完璧にこなしているんだ」

「「「ん？」」」

「この間は夕食でトンカツを作ってくれたんだけど、それがめちゃくちゃ美味《うま》かったんだよなぁ～」

思い出しただけでもよだれが……。

その後も玖乃の可愛いエピソードやたまには一緒にお風呂入りたい、一緒に寝たいなど……あれ？　後半はほぼ俺が玖乃としたいことじゃない？

とにかく、可愛い弟である玖乃のことをたくさん話した。

「「「……」」」

留衣以外の４人は何か疑問ができたように黙り込んでしまった。なんでだろう？

「(市瀬のやつ、一緒に暮らしているにもかかわらず、また男と勘違いしてんのかよ。つか、男性護衛官＝女子って遠坂の時に分かったんじゃねーのかよ)」

「(どおどお高橋くん……ここはまだツッコまないでおこうっ)」

「(あはは……。まあ、市瀬くんらしいけどね)」

「(ここは留衣さんの時のように温かく見守っていましょうか)」

目の前でこそこそ何か話している４人だったが、話が纏《まと》まったのか全員が納得したように数回頷《うなず》いた。

「なんか今日、こそこそ話多くない？」

「まあ、郁人のことだからね」

「えっ、俺のことを小声で話してるの!?　……悪口？」

「それはない。郁人の悪口ならわたしが怒る」

留衣が真剣な面持ちに切り替わる。

おお、それなら安心だ。

「さあさあ、盛り上がってきたねー！　じゃあ次いっちゃうよー！」

チャイムギリギリで終わったほど、親睦会は盛り上がり、皆ともっと仲が深まった気がした。

◆◆

「今日も1日乗り切った〜」

正門を出て、俺は大きく伸びをする。

待ちに待った放課後。放課後と言えば、寄り道だよなぁ！

「なあ、留衣っ。今日はどこに寄り道する？」

「そうだねぇ……」

留衣は人差し指を顎に当てており、何か考え事をしている様子で……と、立ち止まった。

「留衣？　どうした？」

釣られて俺も立ち止まる。

「……今日からはしばらく寄り道に付き合えないかも」

「そうなのか？」

「うん、ちょっとやりたいことがあってね」

「そっかぁ……」

ここで一旦、会話が終わる。

留衣と寄り道して帰るのが日課で、徒歩で行ける範囲であまり混雑していない場所を２人で探したものだ。

美味《おい》しいものを食べたり、バッティングセンターで身体《からだ》を動かしたり、野良猫が集まるスポットで癒やされたり……色々な寄り道をして楽しかった。

それがなくなるのは寂しいけど、留衣がやりたいことがあるなら……。

「俺のことは気にせず、そっちを優先してくれ！」

「……いいの？」

留衣は意外な言葉が返ってきたとばかりに目をぱちくりとさせた。

「いいに決まっているだろ。えっ、俺、もしかして束縛男だと思われてる?」

「いや、そうじゃないけど……。その、わたしは男性護衛官だから。担当男子の護衛とやりたいことのサポートをするのが主な役目……。なのに、それよりも自分のやりたいことを優先していいのかなって思ってさ。あはは……自分からしばらく寄り道はできないかもって言っといてなんだって話なんだけどね……」

留衣がぽつぽつと話すことに今度は俺が目を見開く。

そういった迷いが出るのも、普段から留衣が男性護衛官の役目を果たしてくれているからこそだろう。

でも、自分の時間を犠牲にしてまで仕事を徹底しすぎるのもどうかと思うし……。

いずれにしろ、留衣が迷っている様子なので俺としては言い方を変えてみる。

「なあ、留衣。俺と留衣は友達でもあるだろ?」

「う、うん。そうだね」

突然の問いかけに留衣は少し戸惑いつつも、こくんと頷いた。

「友達のやりたいことを応援するのは当たり前だ。この考え方なら腑《ふ》に落ちないか? そもそも俺は、留衣のやることなら全力で応援したいし!」

「郁人……」

俺としては当たり前のことを言ったつもりだが、感心したように留衣が俺を見る。

ちょっと照れるなっ。

「というか、留衣はもう少しわがままになってもいいんじゃないか？」

「わがまま……？」

留衣が首を傾げる。

さすがに言葉の意味を知らないってわけではないだろう。

「ああ。わがままだ。俺が言うのもなんだけど、留衣はあれやりたいとか、これやって欲しいとか……もっと素直に言っていいと思うぞ！」

学校では男性護衛官としての立場上、忙しいし、周りの目があるからそういったことを口にするのは難しいかもしれないけど……。

「こうして２人きりの時ぐらいはもっと肩の力を抜いてわがままぐらい言って欲しいな」

普段、俺のわがままに付き合ってもらってるし、俺も留衣のわがままに付き合いたいっていうのもあるけどな。

「それとも俺が相手だと、わがままになれない？」

「――――！」

留衣の肩がビクリと震えたかと思うと、すぐに顔ごと逸《そ》らしてしまった。

「留衣？」

心配になって、留衣の顔を覗《のぞ》き込む。

「やばい……これは本当にやばい……っ。そんなこと君に言われたらわたし、もう……」

留衣はぶつぶつと何か呟《つぶや》くとともに顔はどんどん赤くなっていく。

その後、俺の家に着くまで留衣の口数は少なく、頬は赤いままであった。

◆◆

帰宅後――。

しゅるりとネクタイをほどき、シャツを脱ぐ。衣服の擦れる音だけが部屋に響く。

それぐらい、わたしは静かだ。

なのに……。

『それとも俺が相手だと、わがままになれない？』

「っ……」

郁人の言葉がずっと頭の中で響き続けている。

……相手が君だから余計、我慢しなきゃいけないというのに、ほんと……。

「わたし、割とポーカーフェイスなはずなんだけどなぁ……」

そう呟いたところで鏡に映るのは、真っ赤に染まった自分の顔。

頬に触れるとあっつい……。

この顔でいつもの澄ました発言をしても、まるで説得力がないだろう。

郁人の前だと『王子様』とか『イケメン女子』なんていう周りの印象のわたしではいられなくなる。

今日もわたしは、どうしようもなくドキドキさせられた。

でも、きっと郁人は誰に対しても同じようなことを言うだろう。

別に適当に言っているのではなく、彼の本心。

皆を平等に見てくれて、それでいて皆に優しい。

それが市瀬郁人という男の子。

でもね、郁人？

君のことを異性として好きだと自覚したわたしは、平等の優しさだけじゃ満足できなくなっちゃったんだよ？

実は女の子だと知ってもらえて、受け入れてもらって今まで通りの関係を続けられている。

それが、本当の姿を明かしたわたしが望んでいた形のはずなのに……。

なのに、今のわたしは満足できていない。

それどころか、郁人が他の女の子たちと楽しそうに話しているのを見ると、お腹《なか》の奥からなんだかモヤモヤしたものがこみ上げてくる。

けど、「わたし以外の女の子と話さないで」なんて言ったら……さすがの郁人でも困惑しちゃうよね？

……もし、鬱陶しいと思われたり、嫌われでもしたらわたしは……もう、立ち直れない。

それでも、郁人が他の女の子たちとどんどん仲良くなって、いつの間にかわたしの傍《そば》から離れていってしまうのは……もっと嫌。

ああ、わたしって……結構わがままだよ？

自分の中でこんなめんどくさい感情が渦巻くなんてちょっと驚きだ。

郁人にとっての特別になりたい。

ずっと一緒にいることができる彼女になりたい。

その一歩になるかも分からないけど……まずは郁人が喜ぶこと、『手料理』に挑戦してみようと思う。

郁人はずっと女の子の手料理が食べたいと言っていたし、顔にも出ているからね。
けど、わたしは自炊をしないし、そもそも料理が苦手だ。
それに、郁人がお弁当を持ってきてくれるからそれに甘えて料理は諦めたんだけど……
好きな人の喜ぶ顔が見られるなら、やるしかないよね？
今日もわたしの頭は郁人のことでいっぱいだ。
「わたしのこの気持ちもいつか直接伝えるからね」
鏡に映る自分は頬を赤く染めながらも、いい笑みを浮かべていた。

第二章『絶対的ブラコンな美少年』

休日。

俺と玖乃《くの》はショッピングモール内にある洋服店にいた。

ここは先週オープンしたばかりにもかかわらず、話題になっているお店らしい。

そして……周りには女性客が多かった。

そりゃ洋服店なんだから、服好きの女性が集まるだろうけど……その目は洋服ではなく、俺たちとよく合う。

もはや、レジに客が並んでいないことから目当ては違うようで……。

「あの黒髪ショートの子、美少年～。男かな？　女かな？」

「あんなにビジュが良いならどっちでもイケるわ～」

「その隣の男の子はなんか無防備っぽくて襲いやすそう……」

「ほんとだ。え～、私話しかけちゃおっかなぁ～って……美少年が凄《すご》いこっち睨《にら》んでる⁉」

「よくよく考えたら、男寄りのビジュなんだし、男性護衛官なんじゃ……」

「男性護衛官だとしたら、下手《へた》に近づいたら背負い投げ決められちゃう……」

男女比1：20なのでどこに行っても相変わらず、女性たちの視線を感じつつ……まあ、ほとんどの視線は美少年な玖乃に行っているだろう。

その玖乃は今はなんかキッと厳しい表情になっているけど。

その顔もカッコ可愛《かわい》くて良き。

俺はといえば、黒髪黒目フツメンだし、それほど目立っていないよなー。

とはいえ、数少ない男がいることで女性たちがさらに集まり、騒ぎになり出す前に俺と玖乃は手に袋を持って店を出た。

「いやぁー、いい服買えたわ〜。買い物に付き合ってくれてありがとうな、玖乃」

「いえ。ボクも気になっていた服を手に入れられたので良かったですよ」

玖乃も機嫌が良いのか、頰を小さく緩めた。

服を買いに行きたいと提案したのは俺からだ。

元の世界でも馴染《なじ》みがあったユ○クロとかG○で十分だと思っていたが……玖乃が「どうせなら話題のところにしましょう」ということで、さっきの話題になっているお店に。

洒落《しゃれ》たフォントのアルファベットの店名で中に入ってみれば、男性用の服も女性用ぐらい品揃《しなぞろ》えが多く、しかも値段も思っていたほど高くない。

気づけば、3着ほど買ってしまった。

気分は最高！　それは、気に入った服を手に入れたこともだし……。

「まさか、玖乃が服を買いに行くのをすんなり許してくれるとはなぁ〜」

そう。今回俺は、外に出ることをすんなり許可されたのだ。

「外に出るのにわざわざ許可なんているのか？」と、首を90度ぐらい傾《かし》げているであろう諸君に教えてやろう。

貞操逆転世界では数が少ない男子は狙われる側なのだ。

つまり、外に出るなんて狙ってくださいと言っているものみたいで、男を持つ家庭は学校以外で男をあまり外に出したがらないとか。

俺もその例外ではなく、休日に遊びに行きたいとなれば、過保護な玖乃と言い合いになることもしばしば……。

でも、今日は……。

『新しく服を買いたいからショッピングモールに行こう？』

『いいですよ。行きましょう』

すんなり許可が取れたのだった。

今日の玖乃は一味違うってやつなのか？

「以前、ニュースで男性物の服をネット通販で注文したところ、届いた荷物の中にＳＮＳのアドレスが書かれた紙や手作りっぽいお菓子……盗聴器などが入っていた事例もあったと聞きますからね。なので、ネットよりもこうして足を運んで買いに行った方が安心です」

「ひぇ……。そ、そうなんだ……」

玖乃が一味違うのではなく、貞操逆転世界の女性たちが一味違っていたようだ。

いくら可愛くて綺麗《きれい》な女性でも、そこまで行きすぎたことをされると、さすがの俺でも怖いなぁー。

「なので、服以外にも何か買いたい時は遠慮なく言ってください。いつでもボクが付き合いますから。買いに行けと言ってくれてもいいですけど」

「いやいや！　俺は玖乃をパシリに使うつもりはない！　でも、毎回付き合うのも大変じゃないか？」

「大変じゃありません。というか、今更ですよ」

「まあ、そうだけど……」

玖乃の時間を取っているんじゃないかって、ふとした瞬間に思ったりもするし……。

「兄さん、ボクに気を遣ってます？」

「えっ」

「顔に出てますよ。兄さんらしくありませんね」

「俺だって気を遣うことぐらいあるぞ⁉」

「そうですか。でも、ボクには気を遣わなくて大丈夫ですよ。兄さんと過ごすことが大変だなんて思ったことはありませんから」

玖乃は微笑を浮かべ、ハッキリとした口調で言った。

「……なあ、俺泣いていい？　いや、もう泣くよ。３、２、１――」

「な、泣かないでくださいっ。ボクが兄さんを泣かせたみたいじゃないですかっ」

いや、泣かずにはいられないだろ。

玖乃がいい子すぎるッッッ！

さすがに女性たちの目があるので涙は引っ込めるけども。

「じゃあ……もし、俺が１人で買い物に行くとか言ったら玖乃はどうするんだ？」

散々言われてきたがここで再確認しておこう。

「む、怒りますよ？」

「ほう」

今も頬を少し膨らませ怒っている様子。

可愛いからずっと見ていられるなー。

「他には？」

「朝昼晩ごはんを作ってあげません」

「おっと、それは困るな。玖乃の手料理は毎日食べたいぐらい美味《おい》しいからな」

「あ、ありがとうございます……」

玖乃が照れたように頬をかく。

可愛いなぁ～。もうどんなことしても可愛いんじゃないか～？

「他にはあるのか？」

「そうですねぇ……。チョキとグーどっちがいいですか？」

「ん？　ジャンケンの話？」

「いえ、目潰しの話です」

「1つだけベクトルが違くない⁉　絶対やめて⁉」

これはさすがの玖乃も可愛いより、恐ろしいが勝つ！

「全部冗談ですから安心してください、兄さん」

「ほっ……良かった――」

「だって、兄さんはもう1人でふらっと外に出たりしませんよね？　最初の頃みたいに俺はイケメンじゃないから襲われないし、逆に襲われたいかもだなんて言いませんよね？ねぇ……？」

にっこりと貼り付けた笑みを向ける玖乃。

ただならぬオーラを感じて、俺は何度も首を縦に振るのだった。

今日も俺は弟の尻に敷かれております。

「でも、なんだかんだ言いながら玖乃は色々許してくれているよなぁー」

玖乃は過保護発言をしつつも、最終的には俺のやりたいことをやらせてくれる。

他の家庭と比べるのは悪いと思いつつ……母さんや玖乃以外だったら外に出ることすら難しかったかもしれない。

などと考えてから、玖乃に目をやれば。

「ボクは兄さんの無自覚な行動に対して、色々と思うことがあるので口は出しますが……それを強制的にやめさせるつもりはありません。と言いつつも、心配だけはいつもしていますよ」

「そっか。ありがとうな。これからも末長く心配掛けるな！」

「ずっと心配掛ける前提ですか。善処して欲しいものですけど。まあ、今のですんなり聞いたら、それはそれで兄さんらしくありませんね」

玖乃は浅いため息をつきつつも、微《かす》かに笑っていた。

「それと、母さんが俺のすることに特に何も言わなくなったことは意外だったなぁー」

中学校に上がる年齢になった頃とかは、「アンタは危なっかしいから自宅で通信教育にしなさい！」って言われて結果、通信教育にされたぐらい母さんも昔は過保護気味だった。

今では特に何も言わず、見守るって感じになったけど。

「お母さんがとやかく言わなくなったのは、兄さんが何かやる時の最終判断をボクに任せているからですよ」

「おお、凄い！　それってめちゃくちゃ重要な役じゃん！　さっすが玖乃ー！」

「随分と他人事《ひとごと》ですけど、兄さんのことですからね？　兄さんが無防備すぎるからですからね？　ボクがどれだけ毎回心配しているか……。ちょっと今のはムッときたので痛いのしますね」

「いでで⁉」

ジトッとした目で俺の太ももあたりをつまんで捻《ひね》ってきた玖乃。

そう言いつつも、手加減してくれるのもまた可愛い。

「でも、母さんから兄さんのことを任されたとはいえ……兄さんのやることに口出しして、最終的に判断するのは嫌な部分もあります」

「なんで？」

俺が首を傾げれば、玖乃はまたもジトッとした目になったものの……。

「だって、自分がやりたいことにいちいち口出ししてくる人なんて……嫌じゃないですか。ウザいなって思われることや最悪、嫌われてもおかしくないです……」

玖乃はシュンと肩を落とした。

なるほどな。確かに、人によっては嫌な気持ちになるだろう。

でも……。

「大丈夫だ、玖乃。どんなことがあっても俺が玖乃のことを嫌うわけないからな！」

玖乃の口出しは俺のことを思ってのものと捉えているので嫌いになるなんてあり得ない。

「本当ですか……？」

「もちろん！」

俺がハッキリと言えば、玖乃はどこか安心したように頬を少し緩ませたのだった。

それから書店に寄り、昼飯は家で何を作ろうかなどと話しながらショッピングモールを出ようとした時……。

「ん？」

ふと、横の掲示板に貼ってあるポスターが目が入った。

「七夕祭《たなばた》……ほう」

「兄さん？」

俺が急に立ち止まったので、玖乃が不思議そうに首を傾げている。

「ああ、このポスターが気になってな」

目の前のポスターには、『集え七夕祭！』の見出しと、祭の概要が書いてある。

「今年の七夕は……おお、日曜日なのか！」

日曜日ってことは、たくさん人が集まって大いに盛り上がるな！

「場所はこのショッピングモールの1階広場と駐車場を一部貸し切っていて……屋台や舞台イベント。どでかい笹《ささ》に短冊を掛けられるのかぁ」

こういうイベント系は、元の世界と変わらなくてほっとするよなー。

まあ、貞操逆転世界だから何かしらの違いがあるんだろうけど。

「七夕祭ですか。女性たちが好きなイベントですね」

「女性たちってことは、男は嫌いなのか？」

「男性はあまり興味がないと聞きます。それどころか、祭りという単語を聞いただけで怯《おび》える人もいます」

「まじかよ……」

多分それ、女子がたくさんいるからってことだろう。

お祭り楽しいのになぁ。

……って、待てよ？

玖乃が言った通り、男が祭りに興味がないのなら、会場には女性たちしか集まらないだろう。

そして、今回は七夕ということから、浴衣《ゆかた》を着てくる人も多い……。

つまり、貞操逆転世界の七夕祭は……。

「可愛《かわい》い女の子たちの浴衣姿が見放題じゃね!?」

「……兄さん？」

「ハッ！」

つい、口に出しちゃった!!

玖乃がものすっごく眉間にシワを寄せている！

こ、このまま話を続けると……。

『なあ、玖乃！　可愛い女の子たちの浴衣姿を拝みたいから一緒に七夕祭に行こうぜ！』

『……はい？　兄さんはまだこの世界の女性たちのことが分かっていないようですね？

大体、兄さんは——』

玖乃の過保護が大爆発するかもしれん。

下手《へた》したら留衣《るい》も出動して2人からのお説教かも……。

……仕方ない。ここは本音2の方で攻めるとしよう。

「なあ、玖乃」

「はい、兄さん。ボクを説得する妙案でも思いつきましたか？」

うっ、考えがもうバレている……！

だが、俺は諦めないぞ！

「ふっ、バレてしまっては仕方がない……。自白しよう」

「どうぞ。ボクは何かしら反対意見を言うと思いますけど」

と言いつつ、聞く態度になってくれる玖乃は優しい、可愛い。

俺は短く息を吐き……そして、告げる。

「玖乃」

「はい」

「俺と……七夕劇に参加してみないか？」

「……。えっ」

玖乃は予想外のことを言われたとばかりに身体《からだ》が固まった。

それは、七夕祭の告知ポスターの横に貼ってあったポスター。

内容は、七夕祭でのイベントの出し物で七夕に基づいた劇をするというもの。

そして、内容よりも『人数不足のため参加者大募集!!』という文字がデカいことから、本当に人数に困っているのだろう。

とはいえ、やりたいと思った1番の理由は……。

「玖乃とは学校が別だし、一緒に何かを成し遂げるってことは案外したことないと思ってさ」

「それは料理やこうして買い物するのではダメなのですか？」

「それも楽しいんだけどな。けど、たまにはキョウダイとしてではなく、何か違うもの……普段とは違った自分が見せられるようなことを一緒にできたら面白いなと思ってさ。お互いの新たな一面とかも知れるだろうし！　俺、玖乃のこともっと知りたいからな」

「っ……」

言いたいことは言えたので、あとは玖乃の許可を待つだけ。

反撃の言葉が来ると身構えていれば……。

「……分かりました。では、一緒に七夕祭の公演に参加しましょう」

「……え？　マジ？」

「はい、マジです」

玖乃がこくんと頷《うなず》く。

おお、マジかぁ！　意外とすんなり許してくれたな！

やっぱり、今日の玖乃は一味違——

「じゃあ……ボクも覚悟を決めます」

玖乃はやけに真剣な面持ちで告げた。

「お、おう？　じゃあ俺も覚悟を決めるぞ？」

玖乃が真剣な理由を……この時の俺は、知る由《よし》もなかった。

◆◆

『俺と……七夕劇に参加してみないか？』


兄さんにそう言われて、ボクは驚いた。

可愛い女の子たちの浴衣姿を見たいことに対しての弁解かと思ったのに、違うことを言われたこともだけど……。

なんとまあ……タイムリーな話題。

それとも、悩んでいるボクへの……導きか何かなのか？

ボクの脳裏には３日前の出来事が流れる。


午前の授業終了を知らせるチャイムが鳴り、一斉に椅子を引く音が響く。

「さて、今日こそは男子とお昼を……って、狙ってた玖乃くんのところがもういない⁉」

「さすが玖乃くん……今日もクールに男子を連れ出したわね……」

「ウチらもう3年なのに、男子とまともに話せてないよ〜」

「こうなったら、留年という手も……」

「アンタそれ、男子目当てで留年したって思われて、高校受験や就活の時に不利になるわよ」

女子たちの嘆きを廊下でサラッと聞く。

男性護衛官として学校に通うようになって3年目。

この仕事にも慣れてきた。

しかしながら、ボクが担当する男子は未《いま》だに女子に対して警戒心を抱いている。

……ボクも含めて。

「では、いつもの時間に迎えに行きますので」

担当している男子は小さく頷くと、男子だけが集まる専用教室へそそくさと入っていった。

「う、うん……よろしく……」

「……ボクも移動しますか」

少し先にあるいつもの空き教室に入れば、中には誰もおらず、机と椅子だけが並んでいる。

ここで1人昼食を済ませ、時間が来たら担当男子を迎えに行く。

授業中や休み時間などは男子の様子に気を配りつつ、迫り来る女子たちの対応。

放課後になればすぐに男子を家まで送り届ける。

これがボクの学校生活。

なんとも味気ない至って普通の学校生活。

兄さんや母さんに話すほどでもない。楽しげもないものだ。

しかしながら、世の中の男性護衛官は、大体こういう学校生活になりがちだと聞く。

もし、それ以外があるとするなら……その護衛官が担当している男子は、周りをヒヤヒヤさせるぐらい危機感がなくて無自覚で……。

でも、何気ないことでも笑ってくれるから、こっちまで笑ってしまって。

毎日が自然と楽しくなっている。

そんな男子の隣にいる護衛官は……必然的に彼を好きになる。

でもその男子はそれに気づかない……強敵だ。

「……兄さんはほんと、鈍感なんですから」

思考に耽《ふけ》るのもほどほどに、ボクは昼休みの楽しみであるお弁当を開けた。

今日のお弁当当番は兄さん。

「美味《おい》しい……」

唐揚げを1口食べて、思わず声が漏れた。

兄さんは最初こそ、料理が下手で鍋を焦がしたり、味付けが最悪だったりと、散々な出来栄えだったけど……。


『もう1回教えてくれないか！　俺、ちゃんとできるようになりたいんだ！』


兄さんは失敗し続けても、決して諦めることはしなかった。

何度も何度も練習を重ねて……今ではどんな料理でも美味しく作れるようになった。

兄さんのそういう前向きなところは、ボクも見習いたい。

「これはボクも追い越される日が近いですね……」

なんて思いながら、お弁当をゆっくり堪能して、最後に残しておいた卵焼きを口に入れた時。

教室のドアが勢いよく開かれた。

「く、玖乃殿～！」

特徴的な口調で中に入ってきたのは、淡い翠《みどり》色のポニーテールが印象的な女子生徒。

確か、同じクラスの前舞遥《まえまいはるか》さん。

前舞さんがここに来た理由も多分〝あれ〟だろう。

「突然すみません、玖乃殿……！　ちょっとお時間いただけるっすか？　急ぎで相談したいことがありまして……」

「大丈夫ですよ。片付けるので少し待ってください」

ボクがそう答えると、前舞さんはほっとしたように胸を撫《な》で下ろした。

効率を考えてこの空き教室で1人で昼休みを過ごしていたが……どうやらそれが女子の間で知られたようで。

そして、いつの間にか「悩みがあるなら昼休みに玖乃くんが聞いてくれる！」と広まっていた。

男性護衛官は男子と女子の仲介役的な立場上、頼られやすいとはいえ、最初の頃は何も知らなかったので、やけに悩み相談が多いなと戸惑ったものの……頼られるのは悪い気はしない。

だって、頼られるということはボクは必要とされているということ。

ボクにとってそれは、当たり前ではないから。

それから落ち着いた前舞さんの話を聞く。

「実はウチ、課外活動で演劇をやってるんすけど……今度、大型ショッピングモールの七夕祭で『織姫と彦星《ひこぼし》』の公演をすることになったんっす」

「それはいいですね」

あのショッピングモールは規模も大きく、常に人が多い。七夕《たなばた》祭となればさらに賑やか。公演するとなれば、お客さんもたくさん見に来るだろう。

でも、前舞さんの表情には喜びがなく……。

今回は、公演についての悩みと推測。

演技の中で困ったことがあったんだろうか？

それとも、演劇でやる題材関係……などと予想していたが……。

「そこでですね。玖乃殿にはぜひ、公演に……いや。むしろ、主役として出ていただきたいっす！」

「……え？」

予想外の発言に数秒ほどフリーズしてしまったものの、まずは前舞さんの話を一通り聞くことにした。

「なるほど……」

ボクは考えを纏《まと》める。

前舞さんが所属している劇団は、学生を中心としていることもあって、その学生だった人が社会人になり忙しさからどんどん抜けているのにもかかわらず、新規入団者が中々なく……。

それにより、人数は年々少なくなってきて……今では4人しかいないとか。

劇団の存続も危うい状況なので、今度の七夕祭の公演で注目を集め、新しいメンバーを獲得することを考えているとのこと。

事情は分かった。しかし……。

「人手不足でボクに助っ人を頼むのは分かりますが……何故《なぜ》、ボクが主役に？」

そう。そこが1番謎である。

ボクは演劇の経験などないし、演じるのが得意といったわけではない。

それなのに、何故……。

「だって、玖乃殿は……」

「ボクは……？」

次の言葉を溜《た》めている前舞さんだったが……急に前のめりになったと思えば。

「容姿がいいじゃないっすか！」

「……はい？」

また、予想外なことを言われて固まる。

前舞さん……同じクラスでもこうして話すのは初めてだったけど、ちょっと変わった人なのだろうか？

「えっ、玖乃殿自覚ない系っすか？　じゃあ言わせてもらうっす！」

何か始まるみたい。

「玖乃殿は可愛《かわい》さと綺麗《きれい》さとカッコよさを兼ね備えた美少年風の見た目で、勉強も運動神経も良いのにもかかわらず、偉そうにしないし、一見クールだけど、質問や悩みとか真摯に聞いてくれるっす！　さらに、女子たちの間では『彼氏にしたいランキング１位』『押し倒されたいランキング１位』『月が綺麗ですねが似合うランキング１位』などなど数あるランキングで１位になるほど人気なんですよ!!」

後半の怒涛《どとう》のランキングラッシュはよく分からないけど……。

「その、ありがとうございます……？」

多分、褒められてはいると思うのでお礼を言う。

前舞さんの熱気に押されていたが、話を元に戻さなければ。

「つまり、注目を集めるためにボクを客引きに使いたいということですね」

「は、はい……まあ、言っちゃえばそうなりますね。自分勝手なことを言っている自覚はありますが……無理を承知でお願いです！　玖乃殿が出れば絶対に目立つこと間違いないっす！」

ボクなんかで注目を集めて、それでいて新たな入団希望者が集まるか分からないけど……せっかく頼ってくれたのなら、やらないと――

「ああ、それと！」

前舞さんは言い忘れるわけにはいかないとばかりに声を上げた。

「どうしました？」

「そ、その……」

「？」

前舞さんは急に歯切れが悪くなった。

それに、頬が少し赤くなって……。

「で、できれば……玖乃殿の兄殿も一緒に公演に出てもらうことは可能っすか……？」

「はい？　……兄さんも？」

また、予想外のことを言われ固まったが……。

……おかしい。

なんで前舞さんが兄さんのことを知っているのだろうか？

ボクは兄さんのことを学校では極力話していない。

話してしまえば、女子に対して優しく、気さくで明るい兄さんのことを皆が気になるだろうし、仲良くなりたいと思ったり、それによって兄さんが狙われて危険な目に遭ってしまうかもしれない……。

ボクではないとすれば、兄さんがボクの知らないところで無自覚ムーブをしていたとか？

そっちの方があり得る。

「前舞さん？　なんでボクの兄さんのことを知っているんですか？」

憶測だけではいけないので、本人にも聞いてみる。

「ああ、それは玖乃殿と兄殿の仲睦《なかむつ》まじい光景があらゆるところで目撃されていますからね！　スーパーや映画館、ショッピングモールとか！　今時、あんなに仲良いキョウダイはいないっすからねー。当人たちが普通にしていても目立つっすよ〜」

どうやら普段の日常かららしい。

それはどうしようもない。

「それで、兄さんに何をさせようとしているんですか？」

「な、なんか玖乃殿……怒ってます……？」

「怒ってはいませんよ。ただ、兄さんに何をさせるかによっては怒るかもしれませんねぇ……」

ボク的にはにこっと笑って答えたつもりが、前舞さんからは「ひえっ……」と怯《おび》えたような声が漏れた。

「さて、お答えいただけますか？」

「え、えっと……。玖乃殿の兄殿には同じく主役を務めていただきたいっす……！　キョウダイで織姫と彦星を演じる……なんと素晴らしいシチュエーションでしょう！　それに、玖乃殿と兄殿は仲睦まじいようですし、息の合った演技になりそうっす！　見栄《みば》えも良くて、演技もいい！　これは間違いなく注目されるっす！」

「そうですか。では稽古の日には兄さんにどんなことをして欲しいですか？」

「そりゃ、兄殿はお優しいと聞きますから稽古を頑張ったら褒めてもらって、でも、兄殿の頑張っている姿を間近で見て目の保養にして、あわよくばお近づきに……」

「……」

「あっ」

あからさまに「しまった……」という顔になっている前舞さん。

「あ、あの玖乃殿っ。やましい気持ちはない……とは言い切れませんが……！」

少しは兄さん目当てだと認めたようだ。

まあ、兄さんが他の男性と違うと思ったなら興味が湧くのは当然。

でも、前舞さんはそれ以上に……。

「ウチ、今入っている劇団が大好きなんです！　役を演じることで、普段とまた違った自分になれるところとか、可愛い衣装も着れるし、メンバーは皆いい子だし……大切な居場所がなくなるのが嫌なんです！　劇団存続のためにどうか、お2人のお力を貸してくださ い!!」

前舞さんのその真っ直《ます》ぐな瞳と一言も噛《か》まないハッキリとした口調……その真剣さが窺《うかが》える。

だからこそ、半端な答えは出せない。

「この件は、一度持ち帰らせてください。決まったらまた連絡します」

そうして保留したけど……正直、兄さんに公演に参加してもらうことは迷っていた。

兄さんが公演に出れば当然、目立つ。狙われる。……危険すぎる。

でも、相談された以上は力になりたい。

でも、でも……と、ボクはどっちつかずで煮え切らないでいた。

そんな時に。

『たまにはキョウダイとしてではなく、何か違うもの……普段とは違った自分が見せられるようなことを一緒にできたら面白いなと思ってさ。お互いの新たな一面とかも知れるだろうし！　俺、玖乃のこともっと知りたいからな』

ボクが兄さんの心配ばかりをしている時に……ボクと一緒にやりたいからという、そんな決定打なこと言われたら、やるしかないじゃないか。

つくづく兄さんは……女たらしだ。

でもボクは未《いま》だに、実は女の子だと気づかれていない。

……貧乳なのは関係ないですよね？

兄さんが普段とは違ったボクを見たいと思うのなら……。

ボクは……覚悟を決めるしかない。

留衣さんのように……実は女の子と明かす覚悟を。

思考を戻せば、隣には先ほど服を買った時よりも機嫌が良く、鼻歌まで歌う兄さんがいる。

「～♪　七夕《たなばた》祭楽しみだなぁ～」

顔まで緩んでいる。

やっぱり本命は、女の子の浴衣《ゆかた》姿なのだろう。

全く、兄さんは……そんな思考になるなんて世の中の男性全て探しても兄さんぐらいだ。

「兄さん？」

「んー？」

「２日後ぐらいに紹介したい子がいるので放課後は早く帰ってきてくださいね」

「おう、分かった！」

兄さんは何も知らないまま、いつもの無邪気な笑みを浮かべて頷《うなず》いた。

◆◆

放課後になり、留衣と雑談しながら帰っていた。

「そういえば、明日は数学の小テストがあるね」

「げっ、マジか！　俺、今の範囲苦手なんだけどどうしよう……」

「数学は5限目だし、明日はお弁当を早く食べて一緒に勉強するかい？」

「いいのかっ！　ありがとうございます留衣様〜！」

「はいはい、どういたしまして。ふふっ」

これで明日の数学のテストも怖くないな！

いい感じに会話が終わったところで、自宅が見えてきたのだが……。

「あれ？」

いつもとは違う光景が広がっていた。

「ほ、ほほんとにいいんすかっ。う、ウチが兄殿と直接話しても……！」

「はい。それに、これは前舞さんの事情ですからボクが話すよりも、前舞さんから直接、話した方が説得力が出ていいかと思います」

「た、確かにそうっすね……。で、でも、ウチ……男性となんかロクに話してこなかった人生っすから、上手《うま》く言葉が出るかどうか……」

家の門の前には学校から帰ってきた玖乃がいる。

しかし、その隣には……もう１人。

セーラー服を身に纏《まと》った翠《みどり》色のポニーテールの女の子もいた。

「ハッ！　もしや、玖乃のファンか！」

「その可能性はあり得るね。あの制服は下条《しもじょう》中学校の物だし」

留衣が言う。

「えっ、どこの学校か分かるのか！」

「鳳銘《ほうめい》高校から近い学校だからね。それに、下条中学校は玖乃くんの通う学校でもあるから」

「下条中学校……おお、そういえばそうだな」

下条中学校の女子の制服ってああいう感じなのか。

留衣と寄り道したりする時には、人で混み合っていないところに行くし、そもそも玖乃は男性護衛官用の特殊制服だから、女子の制服とか知らなかった。

と、ここで俺ははたと思い出す。

『2日後ぐらいに紹介したい子がいるので放課後は早く帰ってきてくださいね』

「あー、なるほどな。玖乃が前に言っていたやつかも」

「ん？　前に言っていたやつ？」

留衣が首を傾《かし》げる。

「ああ、実は玖乃から紹介したい子がいるって言われていてさぁー」

「……紹介したい子。それって、女の子？」

「まあ、あの子を見る限り、セーラー服着てるから女の子だろう。ってことで、玖乃もいることだし、今日の送りはここまでで大丈夫だ。ありがとうな、留衣！　留衣も気をつけて帰ってな！」

そう言って、俺は玖乃たちのもとへ行こうと……。

と、ぐいっと身体《からだ》が後ろに引かれた。

留衣が俺の制服を強く引っ張ったのだ。

「ねえ、郁人《いくと》」

「おととっ。どうした留衣？」

「その……あまり遠くに行かないでね？」

「？　俺は引っ越す予定はないぞ？」

「そうじゃなくてね……その……」

留衣が口をもごもごさせている。

とりあえず、何か言いたいことがあるのだけは間違いなさそうだな。

「ごめん。なんでもないや」

「そうか？」

「うん、また明日ね」

「お、おう。また明日」

留衣は一瞬、ぎこちない笑みを浮かべたが……最後には爽やかな笑みで去っていったのだった。

それから目線の先の玖乃とポニテの女の子に近づく。

「ま、まずはピンポンを押すべきっすか？　そ、それとも……」

「落ち着いてください、前舞さん。一旦、深呼吸しましょう」

「ひーひー、ふうううううう」

「それはラマーズ法です」

込み入った話でもしているのか……いや、そうでもなさそう？

それにしても2人とも、俺が近づいていることに気づいていないようだ。

なら……まずは元気よく挨拶からしてみることにしよう！

「初めまして！」

「⁉」

おお、さすがの2人も俺に気づいたようだ。勢いよくこちらを見た。

「俺は市瀬《いちせ》郁人。玖乃の兄貴的な存在だ。よろしくね」

そのままの流れで自己紹介を済ませた。

これなら気まずくならないはず！

だけど、ポニテの女の子からの反応はなく……ポカンと口を開けたままぴたりと静止してしまった。

……あれ？

「なあ、玖乃」

「なんですか、兄さん」

「俺って今、透けていたりする？　見えちゃいけないものが見えてる？」

「兄さんは五体満足でちゃんとこの世に存在していますよ。幽霊になっているわけではありません」

「なら良かった」

「まあ、見えちゃいけないものというよりは兄さんの対応にびっくりしすぎているんですよ」

「俺、特に驚かせるようなことをしたつもりはないけど？」

「自覚ないですよね。だって、今の行動全部が普通の男性はやらないびっくり仰天行動ですから。兄さんはほんと、無自覚なんですから……。とりあえず、ほっぺたつねりますね」

「なんで!?　いててー」

と言いつつ、実際そんな痛くない。

「えっ、あっ、にに、兄さんっ!?」

おっ、ポニテの女の子の意識が戻ったみたいだ。

「おう、兄さんだよー。血は繋《つな》がってないけど、玖乃の兄だ。だが、このままだと俺が勝手に兄を名乗っている変質者だから玖乃フォローよろしく」

「この人の言っていることは本当ですよ。これが例の兄さんです。なので、前舞さんも自己紹介をお願いしてもいいですか？」

玖乃が慣れたような感じで言う。

普段、男性護衛官をしている時もこうして男子と女子の仲を上手く取り持っているのだろう。

ん？　つか、例の兄さんってなんだ？

「は、はひ！　前舞遥と申すでございます……！　玖乃殿と同じクラスっす！」

おお、語尾が「〜っス」系の子か。「〜っス」系の子に悪い人はいないから、遥ちゃんは良い子だろうなぁー。

それと、緊張しているのか言葉が震えている。

初対面相手だとやっぱり緊張しちゃうよなぁ。

よし、ここは俺から話を広げるとしよう！

「遥ちゃんかぁ。よし、覚えた！　って、ついつい下の名前で呼んじゃったけど、これからも下の名前で呼んでもいいかな？」

「も、もちろんっす……！」

遥ちゃんは勢いよく首を縦に振った。

ほら、良い子っぽいじゃないか。

「ありがとう。じゃあ俺のことは郁人でいいから」

「いや、あぅ、あのっ……で、でもウチに男性のことを名前で呼ぶなどハードルが高すぎるので……あ、兄殿と呼んでも！」

「兄殿……おお、いいよ！　なんか面白い呼び名だし！」

「あ、ありがとうございます……！」

「うむ！」

「……むぅ」

なんか玖乃が段々と不機嫌になっている気がするが気のせいだろうか？

「それと、玖乃ともこれからも仲良くして欲しいな」

そう言って、最後には微笑《ほほえ》む。

玖乃にとっては余計なお世話かなと思いつつも、言わずにはいられなかった。

「……」

遥ちゃんはまたもや口をポカンと開けたまま固まっていた。

だが、今度はすぐに我に返った。かと思えば、玖乃に小声で詰め寄る。

「（く、玖乃殿……！　兄殿って他の男性と違いすぎませんか!?　な、なんですかあの生物は!!）」

「（それが兄さんですから）」

２人して何話してんだろ？

あと玖乃がちょっと嬉《うれ》しそう？

それから、何やら真面目《まじめ》な表情になった遥ちゃんが話したいことがあると言い……その内容はなんと、あの七夕《たなばた》劇のことだった。

これも何かの縁なのかな？

そして、遥ちゃんの所属している劇団が人数不足で、その問題を解決したいということも聞いた。

なら、なおさら七夕劇に参加しないとな！

「うん、いいよ！　俺も参加するよ！　でも、俺が主役なんかやってもいいのか？」

「いいんです！　むしろそちらの方がこちらも好都合というか、目の保養というか……」

「ん？　目の保養？」

「前舞さん？」

「い、いえ！　なんでもないっす……！　あはは……！　く、玖乃殿はどうしますか！」

「ボクも参加させてもらいます」

「ほ、本当ですか！　あ、ありがとうございます！　お、お2人が参加してくれれば、百人力っす!!」

遥ちゃんは嬉しそうな声を上げつつ、目尻にはうっすら涙を溜《た》めていた。

それだけで遥ちゃんが劇団のことを大切に思っていて、演劇が好きなことが伝わった。

「玖乃、頑張ろうな！」

「はい。兄さん。ボクも……頑張ります」

◆◆

今日は遥ちゃんが所属する劇団に挨拶のため、顔を出しに行くことになっていた。

支度を整え、玖乃のスマホに送られてきた場所にナビを頼りに向かう。

「兄さん、気を抜かないでくださいね？」

「分かった！　それで、気を抜かないとは？」

「全然分かってないじゃないですか。むぅ……」

玖乃は頬を膨らませたが、その表情は一瞬でクールなものに切り替わった。

「いいですか？　兄さんは高校では留衣さんという優秀な男性護衛官がいるから安心安全に過ごせています」

「そうだな。俺も留衣のおかげだと思う」

危険な目に遭った覚えもなく、俺のやりたいことを優先してくれて、そのフォローもしてくれる留衣にはほんと感謝している。

「ですが、課外活動にまで男性護衛官が付き添いをするという決まりはありません。つまりは……」

「つまりは？」

ごくりと唾を飲み込み、玖乃の言葉の続きを待つ。

「課外活動は、女子が男子を狙うのに絶好の場だということです。なので、気を抜かないでくださいね？」

つまり、担当の男性護衛官がいないからチャンスがあるってことかな？

玖乃に忠告されたので、今日はなるべく大人しくしておくことにしよう！

数分歩くと、フェンスに囲まれた公民館が見えてきた。

その入り口前には、女の子が1人立っていて……おお、あれは遥ちゃんだな。

向こうも俺たちに気づいたようだ。

「玖乃殿！　あ、兄殿……！　本当に来てくださったんですね！」

なんか遥ちゃん、めっちゃ驚いてる？

「玖乃、もしかして俺も行くってこと連絡していない？」

「ちゃんと連絡しましたよ。でも、当日実際に会うまで信じられないと言っていましたから」

「ええ……俺ってドタキャンするやつとか思われてんの？」

「そうではありませんよ」

「そうじゃないならなんでも良いや」

「良くはないと思いますが……」

「まあ、とりあえず元気よく挨拶するか。やっほー！　遥ちゃ～ん！」

「はぁ……兄さんは今日も兄さんのようですね」

それから遥ちゃんに普段稽古を行うホールへと案内してもらった。

「皆、約束通り連れてきたっすよ――！」

「遥、おかえりー。もしかしてこの間言ってた七夕劇までの……って、えええええ!!　男っっ!?」

「男を連れてきたの!?　遥アンタ、人手不足で辛抱ならず、男を誘拐してきたんじゃないでしょうね！」

「おー？　隣の子は男性護衛官してる玖乃くんだよねぇ～。私、別の中学校だけど、クールでかっこいい子がいるって、うちの学校で話題になっているんだよねぇ～。間近で見ると、やっぱり美少年だねぇ～」

中に入ると、女子たち３人が何やら騒いでいた。

現状の劇団のメンバーは遥ちゃん含めこれで全員らしい。

確かに、劇をやる上で明らかに人数不足だな。

てか、皆の反応が俺たちのことを今、知った感じのような……？

「前舞さん。ボクたちのこと……男性が来ることは話したんですか？」

「い、いやぁ……。実は、七夕劇までの短期入団希望者がいるとしか伝えてないっす。玖乃殿はともかく、もう1人が男性だなんて皆、信じてくれないっすからねぇ……」

「確かにそうですね」

「？　そうなんだ？」

その感覚はよく分からないが、「夢かと思った」などと呟《つぶや》く声も聞こえつつ、盛り上がっている雰囲気なので、歓迎されているのかな？

「はいはい、そろそろ静かにするっすよぉー！」

騒がしい女子たちに向けて、遥ちゃんの透き通った声が響いた。

「玖乃殿、兄殿。メンバーの前で簡単でいいので自己紹介をお願いしてもいいっすか？」

遥ちゃんの一言で女子3人が静まり返り、聞く態勢が整った。

「下条中学3年の市瀬玖乃です。演劇は未経験ですがよろしくお願いします」

玖乃がクールに言い、拍手が起こる。俺も全力で拍手！

と……次は俺の番だと視線が一斉にこちらに集まった。

「鳳銘《ほうめい》高校1年の市瀬郁人です！　俺も演劇初心者ですけど、七夕劇って面白そうだなと思って参加しました！　力仕事やＤＩＹとかも得意なので、遠慮なく頼ってください。あと、仲良くしてくれると嬉しい！　よろしくねー！」

言い終われば、パチパチと拍手する音が聞こえた。

玖乃よりも拍手の音は小さく……見れば、玖乃以外は皆、ポカンと口を開けていた。

あくび……とかではないよな？

「これは、ボクも気を引き締めないとですね」

なんか玖乃は真剣な顔になっているし。

何はともあれ、これから約1ヶ月後の七夕祭に向けての稽古が始まるのだった。

第三章『王子様は意外と余裕がない』

「今日も送ってくれてありがとうな留衣《るい》！　また明日なー！」

「うん、また明日」

郁人《いくと》が大きく手を振りながら家に入るのを見届けてから、わたしは自宅に帰る。

「ふう……」

自室に入ってまずは胸を締め付けていたサラシを解《ほど》き、楽な格好に着替える。

そして……エプロンを手に取って服の上から身に着けた。

何故《なぜ》、エプロンかって？

それは今日も料理の練習をするからだ。

寄り道をせず、真《ま》っ直《す》ぐ家に帰っているので、練習する時間が確保できている。

と……あの日の帰り道に郁人に言われた言葉が頭に浮かぶ。

『友達のやりたいことを応援するのは当たり前だ。この考え方なら腑《ふ》に落ちないか？　そもそも俺は、留衣のやることなら全力で応援したいし！』

どくん、と心臓が跳ねる。

郁人は何も聞かずに……けれど、本心でわたしのやることを優先してくれたあの瞬間が今も胸の中で濃く残っていた。

郁人はやっぱり、どこまでも優しい……。

だからこそ……。

「……はぁ」

キッチンに立ち、ため息が漏れた。

別に、料理の練習が嫌なわけではない。

失敗ばかりで中々思い通りにはいかないが……それでも、上達した手料理を郁人に振る舞い、美味《おい》しいって言ってもらいたい。

王子様ではなく、着飾らず、頑張ったわたしを褒めてもらいたい。

その目標を達成するためにも、料理を続けている。

でも、気持ちがモヤモヤする理由は別にあって……。

『留衣、早く帰ろうぜ！』

最近、郁人も急いで帰ろうとすることが多くなった。

今まで寄り道するためにそう言っていたが……今は寄り道はしていないのに。

同じタイミングで玖乃《くの》ちゃんも忙しくなったようで、最近はビデオ通話をしていない。

郁人は何も聞かずに、わたしのやりたいことを優先してくれた。

ならば、わたしも何も聞かずに郁人にやりたいことを優先してあげよう。

わたしと郁人の今の関係ならそれが相応《ふさわ》しい。

そう自分に言い聞かせながらも……郁人のあの一言が引っかかって離れない。


『ああ、実は玖乃から紹介したい子がいるって言われていてさぁー』


もしかして、郁人が玖乃ちゃんに頼んで女の子を紹介してもらっている……？

いや、そんなわけない。

あの過保護な玖乃ちゃんが郁人を簡単に他の女の子と引き合わせるとは思えない。

それでも、最近の郁人はクラスの女の子たちとも楽しそうに話しているし、女の子にモテたいと言っていたし、完全にあり得ない話じゃないのかもしれない……。

でも、わたしの思い違いかもしれない。

そういった考えの繰り返しでわたしは今日もモヤモヤしていた。

「はぁ……ダメだ。これでは料理どころではないね。一旦、落ち着こう……」

キッチンからソファに移動。

背もたれに深く座り……ぼうっ、とした目をふと、横に流した時、棚に並べられた雑誌が目についた。

それは昔……『イケメン女子』になるための参考として読んだファッション誌。

そこからチラッと出た付箋が数個見えることから、当時はかなり読み込んでいたことを思い出す。

瞬間、その内容の１つが脳裏をよぎる。

『男性に振り向いてもらうなら、押してダメなら引いてみろ』

この世界の女性たちは何かと押してばかりのことが多い。

そんな中で、あえて引いてみる……男性に対して、わざと冷たい態度を取ることで、逆に相手の関心を引くことができ、仲が深まるきっかけになるかも……。

などという1つの恋愛必勝法として載っていた気がした。

当時、全ての男が嫌いだったわたしは、そんなことをしてまで男子と付き合いたいのか、なんて思ったけど……。

「わたしは、郁人のことなんて……」

試しに言葉にしてみようとしたが……どうしても口から出なかった。

郁人に冷たくする言葉なんて……ひとつも浮かんでこない。

あんなに参考にしてきたファッション誌のはずなのに……なんでだろう？

参考にならないなって思った。

そもそも、鈍感で素直な郁人に変に嘘《うそ》をついたらかえってダメだろう。

嫌いだなんて言ったら、きっとそのままの意味で受け取ってしまう。

悲しい顔をさせてしまう。

そんなの、絶対に嫌だ。

だから、彼には嘘偽りのない正直な気持ちで向き合うしかないのだ。

そのためには、自信を付けなければならない。

苦手な料理を克服して新しい自信を持たなければ……。

「……もっと頑張らなくちゃ」

そうしてわたしは、再びキッチンに立つ。

郁人のことを好きと自覚してから、ますますその思いが強くなっているのが分かる。

その半面……郁人に恋人ができたわけでも、好きな人ができたと聞いたわけでも、わたしと郁人の関係が大きく変わったわけでもないのに……それなのに、わたしの心はどうしようもなく焦っていた。

◆◆

留衣に送ってもらって数分後には、玖乃と一緒に公民館に向かった。

「こんばんはー！」

元気よく挨拶をして中に入ると、俺たち以外のメンバーはすでに揃《そろ》っていた。

「あっ、ああ、兄殿！　玖乃殿！　今日も来てくださって、本当にありがとうございます!!」

遥《はるか》ちゃんが大袈裟《おおげさ》なほど何度もお辞儀をしながら言う。

「ほんとに今日も来てくれた……！」

「今のところ皆勤賞だよっ」

「こんな優しい男子が世の中にいるんだねぇ～」

他の女の子たちにも同じような対応をされた。

「うーん……？　なあ、玖乃」

「はい、どうしました兄さん」

「俺たちが稽古に来るたびに皆に大袈裟に感謝されるけど……俺とか、途中で放棄するやつだとか思われてる？　だからすっごい感謝して稽古を放棄されないようにしてる？」

「そんな巧みな作戦ではないと思いますよ。考えすぎです、兄さん。ただ、前舞《まえまい》さんたちの気持ちも分からなくはないですね」

「そうなの？」

何か別の理由があるのだろうか？

とりあえず、玖乃の話の続きを聞こう。

「まず、演劇に男子が参加すること自体が珍しいんですよ。それに加えて、兄さんは1番舞台にいる時間が長い主役を務めるわけですからね。しかしながら本番が近づくにつれて、女性たちの視線を集めるのが怖くなって途中で逃げ出すのではと思っているのかもしれません。もっと直球に言うのなら、兄さんをそこら辺の男子と同じと勘違いしているからこその心配ですね」

後半から説明するのが面倒くさくなったみたいにめっちゃざっくりになったけど、分かりやすい。

つまりは、俺のことを女子が苦手な男子と勘違いしているってわけだな！

全然、全く、１ミリもそんなことはないのに！

逆に女の子たちにチヤホヤされたいし、ハーレムを夢見ている男だ！

「それに、兄さんはやると決めたら最後までやり遂げますからね。ボクとしては公演の方は心配していませんよ」

「まあな。俺は決めたことはちゃんとやるからな！　それで大成功ならなお嬉《うれ》しい！」

「それでこそ、兄さんらしいですね」

玖乃が微笑《ほほえ》む。

遥ちゃんたちの不安をなくすには、とにかく稽古を続けるしかないよな！　元からそのつもりだけど！


稽古が終わり、水分補給しながら一息ついている時だった。

「やっぱり、人数が足りないっすねぇ……」

真面目《まじめ》な表情をした遥ちゃんの呟《つぶや》きが聞こえた。

「俺と玖乃が参加してもまだ足りていないのか？」

「あ、兄殿！　いや、その……あの……。そうっすね……。お2人が参加してくれてること自体、贅沢《ぜいたく》なんですけど……それでもまだ……」

「そうなのか」

「す、すみません、こんなこと言って……！」

「いやいや！　遥ちゃんが謝る要素はどこにもないぞ。それより、人数はあとどれくらい必要なんだ？」

俺の問いかけに遥ちゃんは申し訳なさそうな顔ながらも……ゆっくりと話し始めた。

「前提として……演劇は役を演じる人だけが必要なのではありません。前準備にも人手がいります。例えば、台本を完成させること。それはウチの担当っす」

「ほう、台本」

「それに監督もやるっす」

「おおー！」

って、遥ちゃん凄《すご》くねぇ⁉

全体のストーリーや各々の役の台詞《せりふ》も考えてから、監督もやるんだろ？　凄くね⁉

「小道具と衣装関連のことは私たちがやってます……」

「あ、アタシも……！」

俺たちの話が聞こえていたのか、少し離れたところにいた女の子２人がおずおずと手を挙げた。

２人も凄い！　小道具も衣装も演劇には絶対欠かせないし、それをやっているなんて凄い！

もちろん、作るものが決まっているなら俺も手伝うけど！

「私は音響を担当しているよぉ～。自分で音とかも作ったりもするねぇ～」

のほほんとした声でもう１人の女の子も手を挙げた。

おお、この子も凄い……って、自分で音作ってるとか言った？　凄くない!?

てか、４人とも全員凄くない!?

劇団に入っているからできるっていうレベルじゃないと思うのだが!?

「お２人が参加してくれるということで、我々、張り切って絶賛作業してるっす！　その分、主役をお２人に任せていますし……」

「いやいや！　それはお任せして当然というか、任せてもらって逆に大丈夫だよっ」

だって、演劇初心者の俺と玖乃の指導をしつつ、各々仕事をしているわけだし……。

そりゃ、忙しくて主役なんてできないよな。

ちなみに、劇団の顧問的な人は公民館のおばあちゃんらしいが見守るのみ。

だからこそ、自分たちで色々としないといけない。そりゃ、人手も欲しいだろう！

「せっかくお2人が参加してくれるんですから、織姫と彦星《ひこぼし》以外にもできれば役を出して豪華にしたいと思って……。せめて、織姫と彦星を引き合わせるきっかけを作る『天帝』の役をやってくれる人がいるといいんですけど……」

「ほうほう」

「ウチらは各仕事で手いっぱいなので、できれば新しく参加してくれた人にその役をしてもらいたいっす」

俺も玖乃も主役をやるし、もう1人は大きな役をして欲しいよなぁー。

「贅沢を言えば、兄殿と玖乃殿のように目立ちそうな人でさらに言えば、美少女かイケメンがいいっす！　こちらとしても目の保養になりますし……えへへ……」

「一気にハードルが上がった!?」

それを言われたら余計……とある人物。

もはや、留衣しか適任がいないと思うんだけど。

でもなぁ……。

「今のままでも十分ありがたいっすけどね！　さ、さあ皆、帰るっすよ〜」

遥ちゃんが「気にしないでください」とばかりに急いで話を切り上げたが……俺として

はなんとかこの問題を解決できないだろうかと思った。

だって、劇が好きな当人たちがやりたいことがやり切れないなんて……嫌だからな。

◆◆

午前中の授業が終わり、昼休み。

空き教室で留衣と２人っきりで弁当を食べていた。

「……」

俺は箸を動かしながらも無言になっていた。

でも頭の中は大忙し。

考えているのは、もちろん演劇のこと。

遥ちゃん曰《いわ》く、台本はもう少しで完成するということで今後の稽古は本番に向けてさらに本格的になりそうだ。

だが、その前にどうにか解決したいことが……。

『せっかくお２人が参加してくれるんですから、織姫と彦星以外にもできれば役を出して豪華にしたいと思って……。せめて、織姫と彦星を引き合わせるきっかけを作る『天帝』

の役をやってくれる人がいるといいんですけど……』

遥ちゃんの言葉が頭をよぎる。

劇団の新メンバーを増やすためにも、今回の七夕《たなばた》劇に俺と玖乃が参加しているわけだが……。

やっぱり、俺たち以外にも人数は欲しいと思った。

それに、「目立つ」って言うなら、数少ない男として少しは目立つかもしれない俺と美少年のルックスで目を引く玖乃以外にも、やはり人数を増やすべきだと思う。

人数が増えればその分、できることは多くなるだろうし……。

だが、今回の七夕祭をきっかけに人数を増やそうとしているのに、その前に人数を増やすなんて難しいことだ。

それに、この件は留衣を頼らないつもりだ。

だって、留衣は他にやりたいことがある。

俺はその邪魔はしたくない。

しかし、どうするべきか……。

玖乃にも話してみたけど……。

『無闇に声を掛けると、兄さん目当て……男子とお近づきになりたい女子が大勢集まってくると思います。その対応も大変ですし、何より、演劇の稽古に支障が出ては本末転倒です。声を掛けるなら１人ずつ……そして、その人は安全と信頼が確保できる人だといいと思います』


玖乃の言葉はごもっともだ。

つまり、誰彼構わず集めようとするのでなく、一生懸命演劇に取り組んでくれる人を慎重に見極めて声を掛けた方がいいってことだな。

どうやって見分けようか？

俺目線だと女の子は皆、いい子で一生懸命にやってくれそうに映るんだが。

こんなことを玖乃に言えば、呆《あき》れられそうだ。

さっきから色々と考えてるけど、全然解決策が思い浮かばないなぁー。

「「はぁ……」」

思わず、ため息が漏れた。

瞬間、もう１つため息が重なった気がした。

前を見ると、留衣もまた俺を見つめていた。

お互いにしばらく見つめ合った後……どちらともなく笑いが漏れた。

「わ、悪いっ。考え事しててため息ついちまったっ」

「わたしの方こそ考え込んでいてため息が漏れてしまったよ。ごめんね」

お互いにそう言ってからひと笑いした後、また無言になりかけたが……。

「……ん？」

俺はふと、留衣の手元に目がいった。

留衣の手……しかも両方の指には絆創膏《ばんそうこう》がいくつか巻かれていた。

怪我《けが》をしたからそうなっているわけで……。

もっと気になるのは、どういう経緯で怪我をしたのか。

まさか、モテる留衣のことを良く思わない男から負わされたってわけじゃないよな
……？　考えすぎか？

不注意で怪我したならまだ……じゃねえな。

「なあ、留衣。その指の絆創膏……」

俺がそう指摘すると、動揺したように留衣の瞳が揺らいだ。

けど、すぐに表情は戻って。

「ああ、これかい？　絆創膏をたくさん貼っているだけで大したことはないよ。だから気に――」

「で、終わらせられねぇよ」

留衣が柔らかな笑みとともに流そうとしたのを自分でも驚くほど真面目なトーンで遮った。

「い、郁人……？」

「ほら」

俺は留衣の前に手を差し出す。

「ええと……？」

「ほら、観念して手を見せろ。あっ、もちろん両手な？」

次はちょっと優しめに言う。

留衣は俺の言動に驚いているみたいで、少し口をもごもごさせてから……。

「でも……わたしが手を差し出したら、郁人はこの手を放してくれないんだよね？」

「まあな。理由を話してくれるまで放さない。留衣が俺のことを心配してくれるように、俺も留衣のことが心配なんだ。だから理由を話してくれないか？」

「……」

留衣が目を見開く。

それから数秒後には大きく息を漏らした。

「君にはほんと、敵《かな》わないね……。はい」

頬をほんのり赤く染めた留衣が俺に向けて両手を差し出した。

白くて綺麗《きれい》な指だ。

だからこそ、絆創膏の色合いが不自然で痛々しく感じる。

「理由……話せるか？」

「うん。実は……」

「おう」

「最近、料理の練習をしていて……」

「なるほど。相手はリョウリって野郎か……。ん？　リョウリ？　料理？」

「うん、料理」

「料理ってご飯を作るあれだよな？」

「そうだね。今食べているこのお弁当も料理だね」

「……もしかして、料理中に怪我したのか？」

「だから大したことないって言っただろう？」

「いや、料理中に怪我しても危ないだろ！」

「まあ、そうだね」

留衣の今の苦笑で、先ほどのため息の理由はなんとなく察せた。

留衣は元々料理が苦手で家ではほとんど自炊しないと聞いていた。

だからこそ、俺が弁当作ってくることを提案したわけだし。

それに、林間学校の時も切った野菜はぐちゃぐちゃになっていて本当に料理が苦手だという印象だ。

そんな留衣が料理に挑戦しているとは……。

「凄《すご》いな、留衣！」

「え……？」

留衣から間の抜けた声が漏れた。

「怪我するのとかは心配だが……自分の苦手なことと向き合うって中々勇気いることだからさ。それに挑戦しようって思えるの、凄いなと思って！」

そう言って笑えば、留衣は目を丸くしたものの、すぐに表情を緩めた。

「君はそういう人だったね。わたしが料理できなくても、失望とかイメージ違いとか思わないよね」

「ん？　そりゃ、人には向き不向きがあるからな。それより、放課後の寄り道を断ったのって、もしかして料理を練習するためだったり？」

「まあ、そういうことになるね」

「おおー！」

俺の反応に留衣は少し照れたように頬をかく。

「褒めてくれてありがとう。でも、そう簡単にいかなくてね……。この前は、カレーを作ろうとしたら具材はぐちゃぐちゃになるし、鍋は焦がすし……もう散々だったよ」

「それは大変だったな」

「それ以外にも失敗ばかりでね……」

俺も最初の頃は失敗ばかりだった。

それこそ鍋は焦がすし、油を使えばキッチン周りがべちょべちょになったり……。

たくさん失敗したけど、今はできるようになった。

だからこそ、留衣の悩み解決に役立つことができるかもしれない！

「わたしのことはいいけど、郁人も何か悩みがあるんだよね？」

「……やっぱりバレてる？」

「もちろん。いつも楽しく喋《しゃべ》る郁人が今日はだんまりだなんて、異常事態だからね。分かりやすすぎる間違い探しだ」

留衣がフッと微笑《ほほえ》む。

「わたしの悩みを知ったんだし、郁人もちゃーんと話してね？」

このまま俺の悩みを話してもいいけど……いいきっかけだし、ここは……。

「俺の悩みも後から話すけどさ、お互いの悩み解決に向けて協力するっていうのはどうだ？」

「協力……？」

首を傾《かし》げた留衣だったが、すぐに俺の意図を汲《く》み取ったのか、微笑みを浮かべた。

「うん、いいね。１人で無理なことでも２人でやれば解決するかもしれないからね」

「そういうことだなっ」

俺が大きく頷《うなず》けば、留衣は微笑んだ。

「そうと決まれば、勉強会みたくお悩み相談会みたいなことをやるか！　休日でもいいか？」

悩みを話せる相手ができたら、なんだか気持ちが楽になって弾んだ声が出る。

「休日なら時間もあるし、悩みに対しての助言もその日のうちに解決もできるかもしれないからいいね」

「じゃあ休日で！　あとは、場所を探す必要があるなぁ」

前世だったら、学生らしく近場のファミレスとかになっていたけど、この世界じゃそうはいかないよな。

ファミレスに行けば、イケメン美少女な留衣が間違いなく女性たちの注目の的になり、居心地が悪くて悩みを打ち明けるどころではない。

だから、人目の気にならない、２人っきりになれる場所がいいよなー。

俺の部屋でやるとしても、休日だから母さんも玖乃も家にいるし、留衣が気を遣わないといいけど……。

まあ、提案してみるだけしてみるか。

「なあ、留衣。よければ――」

「じゃあ……わたしの家とか、どう？」

「……へっ？　わたしの家？」

「うん、わたしの家」

「……」

「……？」

「わたしの家……？　とは？」

「えっ、もしかしてわたし、野宿してると思われてる？」

「いや、すまんすまん……！　いや、まさか留衣からそんな言葉が出てくるとは思わなくてっ」

留衣が高層マンションで1人暮らしをしていることは知っている。

けど……留衣は俺の家に遊びに来たり、一緒に夕食にも誘ったりしたのを今まで断っていた。

なのに今回は、留衣の家に行っていいだなんて……。

「わたしが誘うのはやっぱり、変だよね……」

「驚いたが……俺は留衣さえよければ家にお邪魔させてもらうぞ！」

「……そっか。じゃあ決まりだね。次の週末なんてどうかな？」

「いいと思う！」

俺がそう言えば、留衣は爽やかな笑みを……。

「君は本当に無防備で困るよ……。でも今回はそれで良かった」

◆◆

約束の朝。9時過ぎぐらい。

留衣の家に行くのに留衣がウチに迎えに来るのは二度手間になってしまうと思い、俺が１人で留衣の家に行くと言ったら、秒で却下されたので家で待つことに。

と、ここで俺は重大なことに気づいたかもしれない……。

今更のさらさらかもしれないが……１人暮らしの女の子の家に行くってすっごいことじゃない!?

ようやく留衣のことを女の子だと分かった俺が言うのもなんだが、女の子……しかもイケメン美少女の家ってとんでもないぞっ？

貞操逆転世界で、男の１人暮らしは危険視される風潮があるけど、俺からしたら女の子の家に行くのはかなりハードル高いんだけど!?

「兄さん？　そんなに表情を変えてどうしたんですか？」

おっと、玖乃に頭のおかしいやつと思われるところだった。

「何でもないぞ」

「ふーん。そうですか」

それから約束の時間よりも5分ほど早くピンポーンと玄関の呼び鈴が鳴った。

「この時間帯に珍しいですね。ボク出てきますね」

「いや、俺が出るよ！　相手は留衣だしなっ」

ラフな格好で本を読んでいた玖乃が立ち上がったのを見て、俺は慌てて声を掛けた。

「……留衣さんですか？　兄さん、留衣さんと遊びに行く約束をしているんです？」

「ま、まあなっ」

玖乃の問いかけになんて答えるかで一瞬、思考が固まったものの……その発言に乗っかってぶんぶん頷く。

遊びに行くというか、お悩み相談会をやるんだけどな。

今回は悩みという個人的なことなので、玖乃には悪いが遊びに行くということでここは誤魔化《ごまか》す。

それに相手が留衣だし、それほど心配しないだろう。

でも、留衣の家に行くわけだし、実際遊びに行くで合っているのかも？

「ふーん……そうですか。留衣さんと遊ぶんですか」

玖乃が少し頬を膨らませたと思えば。

「……3人じゃダメなんですか？」

「3人というと、玖乃も一緒に遊びたいってことか？」

俺の言葉に玖乃は控えめながらも頷いた。

そういえば、何気に3人で遊びに行ったことなかったな。

別の日だったら俺も留衣も遊びに行くのは大賛成だが……。

「今日はどうしても留衣と２人っきりというか、２人じゃないとダメというか……。とにかく悪いっ。３人で遊ぶ日はまた今度決めような！」

話を無理やり切り上げ、玖乃には訝《いぶか》しげに目を細められたものの、俺は留衣のもとへと向かった。

「やあ。おはよう、郁人。休日でもわたしが迎えにきたよ」

玄関のドアを開けば、そこには今日もイケメンスマイルを浮かべた留衣がいた。

「準備は済んだかい？」

「お、おう……」

留衣の問いかけに俺は、上の空気味に返事をした。

なんというか……意識が別のところにいっていた。

俺が目を奪《い》われていたのは、留衣の私服姿だ。

高身長を活かしたハイウエストな無地のボトムスに薄手のシャツ。

シンプルながらも目鼻立ちがキリッとしてスタイルも良い留衣が着れば、爽やかでとてもお洒落《しゃれ》だ。

そんな私服の次に視線が吸い寄せられたのは——２つの膨らみ。

そう、おっぱいだ。

男性護衛官の制服ではないということで、サラシは巻いていないのだろう。

だからこそ、シャツ越しに豊かな胸の膨らみの形状が露《あら》わになっており、普段とのギャップ……破壊力が凄《すさ》まじい。

留衣は過去の出来事もあって、巨乳であることがあまり好きではなさそうだけど……。

俺としては、魅力の１つに入るぐらい、いいことだと思う！

やっぱり、おっぱいっていいよなぁ！

「どうしたの郁人？　わたしのことをじーっ見て」

「あ、いや……っ」

やべっ！　あからさまな視線すぎたか⁉

「ふ〜ん……。もしかして、わたしの私服姿に見惚《みと》れてしまったかい？　ふふっ」

留衣は悪戯《いたずら》っぽい笑みを浮かべて言う。

留衣からしたら、俺をちょっと揶揄《からか》う意味でそう言ったんだろうけど……。

「ああ……一言一句合っているな。もっと言えば、留衣の姿に目が離せないでいた」

「っ⁉」

この際、素直に言ってみる。

留衣の私服姿は男だと（その時は女装だと）思っていた頃にも見たけど……。

やっぱり実は女の子だと分かった後だと、違ったように見える。

なんというか、もっと素敵に見えるというか……ちょっと色っぽさもあるというか……。

お、おっぱいだけに視線が行っているのではなく、あくまで留衣の全身が魅力的なんだからな！

って、俺っ、留衣が女の子と分かってからあからさまに意識しすぎだろ！

留衣だって、俺が急に態度や反応を変えたら困るだろうし……。

そう思いながら留衣をチラッと見れば、その顔はほんのり赤くなっていた。

「郁人はほんと……正直だよね」

「俺は正直が取り柄みたいなところがあるからな」

「そうだね。じゃあ１番多く見たところは？」

「胸の部分です、ご馳走様《ちそうさま》です!!」

やっぱり胸に視線が行っていたこともバレていたか……！

「何でも正直に言えば、わたしが簡単に許すと思っているのかい？」

全く……とため息をつきながらも、それ以上は何も咎《とが》めない留衣。優しい！

それに、偶然かサービスか……留衣が胸の下で腕を組んだことにより、その巨乳がさらに強調されている。

こんなん、おっぱい見ろってアピールしてるだろっ。

「でも、わたしだけじっくり見られてはフェアじゃないよね？　わたしも郁人の私服をじっくり見ようじゃないか」

「え？」

「へぇ……郁人ってオシャレにも気を使うタイプなのかな？」

本当に上から下まで観察している留衣。

イケメン美少女に全身見られるとか、緊張するんだが……!?

でも今日の格好は、前に玖乃とショッピングモール内にある話題の店に買い物に行った時に新調した服だから変じゃないはず！

再び視線が合えば、留衣は笑みを深めた。

「うん、凄《すご》く似合ってる。カッコいいよ、郁人」

「あ、ありがとう」

面と向かって褒められるとなんか照れるな……！

「だが、留衣の方が私服似合ってるぞ。俺の完敗だな！」

「私服に勝敗はなくないかい？　お互い似合ってるのなら、2人とも優勝にしようじゃないか」

「おお、それいいなぁ！　いえーい、優勝！」

パチーンとハイタッチをしてみる。

さすが留衣。突然のハイタッチにも対応できるとは。

「玄関前でいちゃつくのもほどほどに、早く出かけたらどうですか？」

後ろからそんな声が聞こえた。

見れば、仁王立ちしている玖乃。

さっき無理やり話を切り上げたこともあってちょっと不機嫌そうだ。

そんなことを知ってか知らずか、留衣は穏やかな口調で玖乃に声を掛けた。

「おはよう、玖乃くん。せっかくの休日だけど郁人のこと借りていくね。ちゃんと五体満足で無事に返すから安心してね」

えっ、俺の身体《からだ》が五体満足じゃない場合もあるの!?

「留衣さんのことは信用していますけど……。また先を越されそうな気がします」

「さあ？　どうだろうね？　でも、わたしも今までとはちょっと違うかもしれないね？」

「むぅ……」

「ふふっ」

玖乃と留衣の会話はよく分からないものの……その後、ちょっぴり不満げな玖乃に手を振って見送られて、俺と留衣は家を出たのだった。


「家に行く前にちょっとスーパーに寄ってもいいかな？」

会話の途中で留衣がそう切り出した。

「いいぞ。もしかして、今日の料理の練習で使う食材を買うのか？」

「そうだね」

留衣が頷《うなず》く。

「スーパーに寄るのは全然いいけど、留衣ならてっきり事前に買い揃《そろ》えているのかと思っていたな」

「わたしも事前に買おうとは思ったよ。でも練習といっても、無闇に食材を消費するのは違うからね。それに、失敗したとしても食材は食材。勿体《もったい》ないことはしたくないから、ちゃんと使う分だけ買おうと思ってさ」

ほう、分かっているじゃないか……。

「と言いつつ、料理の方は中々上達しないんだけどね」

留衣が苦笑する。

「まあまず、料理を上達させるには繰り返し練習するしかないってことは先に言っておくが……」

「そうだよね」

留衣が頷きつつ、俺の次の言葉に注目する。

「でも意識はガラッと変えた方がいいかもな」

「と言うと？」

「留衣も過去の俺もそうなんだけど……『上手な料理』を作ろうとしているから、上達が遅いんだと思う。料理に挑戦するならまずは、『美味《うま》い料理』を作ることが優先だな！」

「美味い料理？」

留衣がその言葉を復唱して、首を傾《かし》げる。

まあ、これだけじゃ分からないよな。

なので、引き続き説明をする。

「『上手な料理』っていうのは、カレーやハンバーグ、唐揚げなど……1品でメインとして出せる料理のことだ。比べて、『美味い料理』ってのは、そうだなぁ……。例えば、ウインナーを輪切りにして焼いたものを熱々の白米の上に載せて、その上にマヨネーズをかけたとする。この料理、どう思う？」

「それは……美味《おい》しそうだね」

うん、俺も自分で話していて美味しそうだと思った。

ウィンナー丼はふとした時に食べたくなるんだよなぁー。あのジャンキーな味が堪《たま》らん！

「そう、それが『美味い料理』だ。簡単にできるけど、味は間違いなく美味しいと分かる料理のこと。手間は違えど、どちらも手を加えた立派な料理だ。そして、初心者がやるべきなのは美味い料理から作り始めること。料理する上で1番辛《つら》いのは、味が美味しくないってことだからな。それに、失敗ばかりだとそもそも、料理のやる気なんて出ないしな」

「な、なるほど……！」

説明を聞き終えた留衣は、腑《ふ》に落ちたように大きく頷いた。

「と……長々と説明したけどこれ全部玖乃から教えてもらったことだ。つまり、玖乃は凄いってことだな！」

俺が料理を教わった相手は玖乃だった。

そしてさっきの言葉は、唐揚げとかハンバーグとか料理初心者のくせに難しい料理に挑戦したがる俺に対して、玖乃が掛けてくれた言葉。

おかげで俺は、楽しく美味しく料理の腕を上達させることができた。

「まあ誰だって最初から上手《うま》くはできないぞ。一度失敗していることなら尚更《なおさら》だ。だけど、２人なら大丈夫だ。だから、遠慮なく俺を頼ってくれよな！」

そう言い切って、最後に親指をぐっと立ててにかっと笑えば。

「うん、ありがとう郁人」

留衣は柔かい笑みで返してくれた。

ほどなくして行きつけのスーパーに到着。

休日とあって混雑している。

視界に入るのはやはり女性ばかりで、男女比がバグっているなぁ～と改めて実感する。

「えっ、今日無自覚くんの隣にいるの、あの美少年じゃない！」

「やだっ。高身長イケメン女子～！　タイプ～」

「美少年とイケメン女子を侍《はべ》らすなんて、なんて男の子なのっ」

イケメンな留衣がいることで周りの視線がこちらに集まっているのを感じつつ、先行してカートを押す留衣についていく。

「それで、何買うんだ？」

「そうだねぇ。郁人のアドバイスである『美味い料理』を作ろうと思うから、材料は比較的少なめで済むと思うけど……。そもそも美味い料理もたくさんあるから何を作るか迷うよね」

留衣がカートを止めて苦笑い。

確かに迷うな！

俺、語っといて1番重要なこと決められてないじゃん！

まずは、今日何を作るか。

それ次第で今後のモチベに繋《つな》がるほど、重要なことだ。

「郁人は何か食べたいもの……では範囲が広すぎるね。肉、魚、デザートこの3つだと何が食べたい？」

留衣がこちらを向いて聞く。

すぐに要素を絞り込むあたり、やっぱり留衣は頭いいな！

「肉が食いたいな！」

「OK、お肉ね。じゃあ次。お肉に合わせるのは米か麺かパンか」

「いつもの俺なら米一択だが……ここは気分を変えて麺で行こうと思う！」

「ふふ、麺ね。はい、じゃあ最後。肉と麺で美味い料理を作るとしたら何がいいかな？」

「うーーん……。っ！　肉うどん！」

「じゃあ今日は肉うどんを作ろうかな」

俺が思いついたように高らかに言えば、留衣がにこやかな笑みを浮かべた後、迷いなく精肉コーナーの方へ進む。

それから肉うどんに必要な材料をスムーズに選んだのだった。

◆◆

「我が家へようこそ。さぁ、上がって」

「お、お邪魔します……！」

なんとなくペコッとお辞儀する。

留衣の住むマンションに到着後、リビングに通されれば、白を基調とした空間が広がっていた。

それに合うようにベージュやブラウン系統の椅子やマットがあり、壁際には本棚や観葉植物などが置いてある。

整理整頓してあって、広く快適で気持ちの良い空間だ。

「さすが留衣。部屋も完璧とは……。さっきの食材の話と合わせてもはや、料理ができないのがわざととしか思えない……」

「わざとって……。わたし、これでも真剣に悩んでるけど？　はい、エプロン。料理するには欠かせないよね」

「おっ、ありがとう！　気が利くなぁ～。まじでなんで料理できないの？」

さっきから、めちゃくちゃ料理できるやつの手際なんだが？

「わたしも原因が知りたいよ。でも、郁人がわたしの悩みを解決してくれるんだよね？教えを乞う立場だし、郁人先生と呼んだ方がいいのかな？」

「ふふ、任せたまえ留衣くんよ」

俺は腕を捲《まく》り、やる気をアピールする。

「頼りにしてるよ」

そんな俺を見て、留衣は柔らかにはにかんだ。

手洗い等を済ませて早速、調理に取り掛かる。

といっても、冷凍うどんをチンして、つゆは市販の粉タイプを使う簡単な作業。

「冷凍うどんは便利で美味しいよなぁー」

「そうなんだね。わたしはカップ麺タイプしか食べたことないかな」

「最近のカップ麺も美味いけど、冷凍うどんも試してみて欲しいな。卵とめんつゆだけで、もちもちで喉越しが良くてうまいんだよ～」

「それは美味しそうだね。今度試してみるよ。それに、一手間を加えるだけで美味しくなるのも、料理の魅力かな？」

「おっ、そうだな！」

その思考はいいな！　料理を楽しく上達させることができる！

続いて、牛肉に味を付けて煮込む工程なのだが……。

「目分量とかよく分からないんだよね。具体的な数字を書いてくれれば、わたしも味付けに失敗しないのに……」

「なるほど。留衣が料理が苦手な理由の１つは、真面目《まじめ》すぎることかもな。んなもん、適当でいいんだよ……って、こういう考えにならないだろ？」

「そうだね。だって、失敗しないためには適当じゃダメだろう？」

「分かる。その考えになるのは分かる」

「だって、丁寧にやって失敗するのに適当にやったら大惨事にならないかい？」

「分かる……その考えになるのは分かる……」

「大体、味付けの決め手となる調味料なのに、そこだけ重要な数字が書いていないなんておかしいじゃないか」

「まじで分かる。だが、目分量に関してはもう慣れしかないな。どれぐらい調味料を入れたか。どれぐらいで味が濃くなるのか、失敗して失敗して自分の口で慣れるしかないな」

「あと、塩少々もよく分からないよ」

「分かりみ深い」

料理あるあるを交わしつつも、調理は順調に進んでいく。

まな板と包丁を取り出して……。

「小ねぎは初心者が包丁で切る食材に向いてるんだぞ。何故《なぜ》なら、硬くないし、匂いも強くないし、手で押さえやすく切りやすいから。でも最初は不安だろうから後ろからサポートするな」

「う、うん……」

俺は留衣の背後に回り、一緒に包丁を持つ。

「そうそう！　最初は思いっきりザクザク切ればいいからな」

「っ……うん……」

「留衣、切るの上手いな！　じゃあ俺、手を離すな」

良い感じになってきたので、俺は留衣から手を離した。

「ぁ……」

「ん？　留衣？」

「な、なんでもない……」

教えるのに集中して気づいていなかったが、留衣の頬が少し赤いような……？

でも、留衣はすぐに真剣な表情に戻った。

「あとは刻んだ小ねぎをかければ……」

「完成だね」

調理時間30分ぐらいで美味しそうな肉うどんが完成したのだった。

◆◆

「やっぱり留衣は器用だよな～。教えたことはすぐに覚えるし。この調子でいけば、夏休みにはカレーとかも上手く作れていると思うぞ！」

エプロンを解《ほど》きながら、郁人がウキウキした様子で言ってくれる。

「随分と褒めてくれるんだね」

「おう、本当のことだからな！」

郁人はにしっと屈託のない笑みを浮かべた。

以前のわたしなら、その言葉で満足できていた。

君の隣で、君の無邪気に笑う姿を眺めているだけで微笑《ほほえ》ましくなっていた。

けれど、今の女の子のわたしは……。

『ああ、実は玖乃から紹介したい子がいるって言われていてさぁー』


あの言葉だけで、どうしようもなく……嫉妬しているみたい。

でも、隣に戻ってくれた時には、わたしのこともちゃんと見てくれて……。

わたしはどうしようもなく、郁人が好きだ。

優しい郁人が好き。

喜怒哀楽が分かりやすくて、毎日を全力で楽しんでいる郁人が好き。

呆《あき》れるほど鈍感だけど、ちゃんと中身を見てくれて本心で気遣ってくれる郁人が好き。

わたしに向けてくれる無邪気な笑みの郁人が好き。

いつも危なかっしく、誰彼構わず勘違いさせる発言をしているし、たとえ悪いところがこれから見つかったとしても……郁人の全部が好き。

自分が思っている以上に好意が募っていく。

だからこそ、他の女の子よりも特別がいい。

他の誰にもまだ見せてないこと、やったことがないこと全部……わたしが初めてがいい。

告白する勇気はまだないくせにこんな気持ち、わがままがすぎるよね……？

でも君は、そんなわたしにもっとわがままになっていいよって言ってくれた。

だからね？　2人っきりの時は……。

わたしだけのために。

わたしだけの言葉で。

わたしだけを見て欲しい。

「ねえ、郁人」

「ん？」

「もっとわたしのこと、褒めてくれないかな？」

「なるほど。留衣くんはまだまだ褒め足りないというのかな？　欲しがりさんめっ」

郁人は、わたしが冗談っぽく言ったと思っているのだろう。

また勘違いしてるみたいだ。

なら、今日は……ちゃんと素直にならないとね。

「うん、そうだよ。全然足りない」

「お、おう。そっか……。別にもっと褒めるのは構わないぞ。じゃあどう褒めようかなぁ一。留衣のいいところ10個言うとか？」

「それも嬉《うれ》しいけど、今日は……」

ひと呼吸挟んでから……わたしはふわりと笑って告げた。

「わたしのこと、抱きしめて？」

「……へっ？」

「聞こえなかった？　わたしのこと、抱きしめて？」

間髪いれずに、再度言った。

「抱きしめるって……俺が、留衣を？」

「そうだよ。郁人がわたしを抱きしめるんだ」

「えと……本当にやるのか？」

さすがの郁人も動揺しているみたいだ。

女の子にモテたいモテたいと言っても……こういうことは慣れていないみたいだ。

「うん。それとも、郁人は背が高くてこんなおっぱいが大きい女の子を抱きしめるの嫌かな……？」

少し悲しげに目を逸《そ》らす。

今だけは……君の優しさに甘えるね？

「い、嫌じゃない！　むしろご褒美……っ。と、とにかく！　抱きしめるのは大丈夫だからっ」
「そっか」
焦った口調になる郁人。
こんなにあわあわした郁人を見るのは初めて。
なんだか可愛《かわい》くて……。
嫌がっていない様子だから……。
もっと、積極的になれそうな気がする。
わたしは、両手を広げて。
「はい、ぎゅーってして？　郁人？」
「……っ」
郁人は息を呑《の》み……わたしのことを正面から抱きしめた。
身長はわたしの方がちょっとだけ高い。
でも……体つきは全然違う。
郁人の方が大きいし、筋肉質で……わたしの身体《からだ》は郁人の腕に収まった。
実は女の子だと明かしたあの日は、後ろから抱きついた。
その時は、あまり余裕がなかったけど……。

今度は前からで、自分の意思《わがまま》で動いたから、色々と感じ取れる。

「……郁人の身体は逞《たくま》しいね」

「ま、まあ……鍛えてるからなっ」

「もっとぎゅってしたいなぁ……」

「お、仰せのままに……」

郁人の抱きしめる力が強くなる。

郁人の鼓動がよく聞こえる……わたしと同じでドキドキしている。

と、わたしの腰のあたりに郁人が手を回した。

「んっ」

そのくすぐったい感触に、ちょっとゾクゾクとしてしまう。

「わ、悪いっ。変なところ触ったかっ」

「ううん、大丈夫……」

「そ、そうか……」

「……。えっち」

「やっぱり変なところ触ったんじゃねーか、俺っ！」

「ごめんごめん。ちょっとびっくりしただけから。だからこのまま抱きしめて？」

少しだけ揶揄《からか》ってみたら、郁人は真に受けて離れそうになったので、わたしは彼の背中に手を回す。

……今は絶対に離さない。

それによって、わたしの大きな胸がむにゅっと押し付られる。

世の男性はこの大きな胸も、高身長も苦手だ。

でも、郁人だけは……。

いいや。他の男と比べるなんてやめよう。

それに、わたしが好きな人はただ１人。

その人さえ、受け入れてくれるのなら……。

「ねえ、郁人……？　君はわたしとこうして抱き合うのは嫌……？」

「い、嫌じゃないけど……」

「ふふ、ありがとう。わたしのわがままにも付き合ってくれて」

「い、いや……。留衣のわがままなら喜んで叶《かな》えるぞ？」

「ほんと？　じゃあ頭も撫《な》でてもらおうかな？」

「……お、おう」

◆◆

俺は……留衣のことを抱きしめていた。

そして、今は頭を撫でている。

さらりとした髪の感触が手に伝わり、ふわりといい香りもする……。

「ふふ……郁人のなでなでは優しいね。それなのに、身体は硬い……」

身体、全体のことだよな？

決して、下半身限定じゃないよな？

そんな心配を他所《よそ》に、身体は密着したまま。もはや、互いの吐息さえ聞き取れる。

これ、思った以上にやばくないか……？

イケメン美少女で巨乳な留衣とくっつけば、そりゃ意識するというか……恥ずかしいというか、それ以上の感情というか……。

とにかく、なんかやばい!!

ずっとこのままだと、俺は一体……どうなってしまうのだろう……？

「急なわがままだったのに、ありがとう。たくさん褒めてもらえて嬉しかったよ」

そんな言葉とともに、温かさと早まった鼓動が収まっていく……。

留衣が手を離し、俺から離れ始めたから。

俺も釣られて、離れる。

「あはは……まだ肉うどん食べていないのになんだか暑くなっちゃったね……」

留衣の顔は真っ赤だった。

「そ、そうだな……」

俺も、暑いことから……顔が真っ赤なのだろう。

それから肉うどんを食べて、お互いにほっと一息ついた頃。

一緒に作った肉うどんは美味《うま》かったし、腹もいっぱいで満たされているのだが……。

「……」

「……」

さっき、抱きしめた件でお互いに妙に緊張した雰囲気になっていた。

気まずいわけではないが、どうにもソワソワしてしまって……。

いや、あれは誰だって意識しちゃうだろ！

留衣の柔らかな身体……おっぱいが、おっきなお胸が……って、俺、頭の中が完全におっぱいでいっぱいじゃないか!!

と、とにかく！　今は気持ちを落ち着かせつつ、悩みを話すタイミングを見計らっていて。

「郁人の悩みの前に……その、質問いい？」

と、留衣が先に口を開いた。

「お、おう。いいぞ……！」

「ありがとう。その……」

留衣は小さく息を整えてから。

「この間、玖乃くんに女の子を紹介してもらう的なことを言っていたと思うけど……あれって、どういうこと？」

そう聞いた留衣の瞳は、どこか不安そうに揺れていた。

「ああ、あれは……って、そこも含めて俺の悩みを説明するな！　実は……」

それから遥ちゃんから聞いた劇団の人数不足。

そして、今回の七夕《たなばた》劇に参加する経緯を話した。

「――ってなわけで、玖乃が紹介したいっていう子は、その劇団に所属してる女の子だったというわけだ。代表して、わざわざ俺を説得しにきたんだってさー。偉いよなー」

一通り説明し終えたので、次に留衣の言葉を待っていれば。

「はぁ～～～～～っっ」

「えっ、クソデカため息⁉」

留衣が思いっきり息を吐いた。

「る、留衣？」

「ああ、ごめんね。わたしが勝手に色々勘違いして先走ったみたいで」

「勘違い？　先走った？」

一体、なんのことだろう？

「よく分からんが、気にすることないと思うぞ？」

とりあえず、言葉を掛けておく。

それから少しの間を開けて……。

「つまり、七夕祭の公演を成功させるために郁人も参加してるってことだね？」

「そういうことだな」

「なるほど。それはわたしも絶対に公演を見に行かないとね」

「おう、ぜひ見に来てくれ！　だが、ちょっとした問題もあって……」

「問題？　もしかして、それが郁人の悩みかい？」

「おお、その通り」

さすが留衣、鋭い。

今回の公演をやる上での人数不足……それこそ、天帝役をやってくれる人を探していると……留衣に話すのは迷っていた。

だって留衣には他にやりたいこと……料理の練習がある。

公演に参加してくれるとしても、料理を練習する時間は減るわけだし……。

重い頭をガシガシとかきながら、やっぱり悩みは話さないでおこうかな、なんて考えも……。

「郁人？　悩んでいることは隠さず言って欲しい。わたしだって、君の力になりたいから」

留衣が俺の心の中を読んでか読まずか……優しい口調ながらも真剣な眼差《まなざ》しで言ってきた。

これはもう……話すしかないな。

頼っても、いいかな。

「ありがとう、留衣……。実はさ、公演でやる織姫と彦星《ひこぼし》の話に登場する天帝の役をやってくれる人が必要なんだけど……」

「ああ、なるほどね。じゃあ、わたしが天帝役をやるよ」

「いいのかっ⁉　で、でも料理の練習が……」

「料理の練習も確かに大事だけど、わたしはそれ以上に……。ねえ、郁人。これだけは覚えておいて欲しいかな」

「な、なんだ？」

留衣の言葉の区切り方とその続きにごくりと唾を飲む……。

すると、留衣は口角を上げて、ハッキリとした口調で言ったのだった。

「わたしは、君のためならなんだってする女の子だからね」

◆◆

数日後、稽古の日がやってきた。

いつもと違うのは、遥ちゃんの隣に新しい顔ぶれがいること。

「ということで、今回、新たに七夕劇に参加してくださる……」

「遠坂《とおさか》留衣です。普段はそこの彼、市瀬《いちせ》郁人の男性護衛官を務めているけど、今回は業務抜きで、わたし自身がやりたいと思ったので参加させてもらいます。よろしくね、皆」

留衣の爽やかさと堂々とした挨拶が終わった瞬間、女子たちは「わぁー！」と色めき立つ。

ということで、俺の悩みでもあった天帝役を留衣が引き受けてくれることが決まったわけだ。

「改めて聞くけど、ほんとにいいのか？」

「もちろん」

留衣はにこりと微笑《ほほえ》んで頷《うなず》いた。

その笑みには迷いのかけらもなく、俺としてもほっとした気持ちになる。

「玖乃くんもよろしくね」

「はい。よろしくお願いします、留衣さん」

ふと見れば、玖乃と留衣がお互いに向き合っていた。

２人は面識があるとはいえ、お互いに男性護衛官として忙しいからゆったり話したり、長時間一緒に過ごすのは今回が初めてだろう。けれど……。

「今回は男性護衛官としてじゃなく、遠坂留衣としてここにいるからね」

「ボクもそのつもりですよ」

「そっか。じゃあ玖乃くんのブラコンっぷりを直接見られるわけだね。楽しみが１つ増えたね」

「む。ボクはブラコンではありません。それに、今回のボクは普段とは違いますから」

「そうなんだ。ふふっ」

「むぅ……留衣さんなんだか余裕そうですね……」

「そうかな？　でもわたしだって意外と余裕はないみたいだよ」

「？　そうなんですか？」

なんか、よく話しているようなやり取りにも見えるが……まあ、仲が良いことはいいことだからいっか！

「じゃあ皆さん、今日の稽古も頑張るっすよー！」

こうして役者が一通り揃《そろ》ったことで、本番に向け、稽古に活気がみなぎるのだった。

第四章『油断ならないお嬢様？』

その日も稽古だったが、今日はついに……。

「こうして織姫と彦星は1年に1回会うことを許され、その日を楽しみに真面目《まじめ》に仕事に励むようになりましたとさ――。以上が今回の七夕祭で上演する『織姫と彦星』の台本になるっす！　ご清聴ありがとうございました！」

遥《はるか》ちゃんが読み終わり、皆でパチパチと拍手。

ついに台本が完成したということで、配られた台本に目を通しつつ、遥ちゃんが音読して内容を分かりやすくしてくれた。

「この台本全部遥ちゃんが作ったのかぁ。凄《すご》いなぁ！」

「へへっ……ありがとうございます兄殿っ。とはいえ、元々の世界観は変えていないので、そんな大したことをしたわけではないっすよ……っ」

「いやいや、大したことだよ！　世界観は変えてなくても、台詞《せりふ》はオリジナルのものだし、面白いし！　遥ちゃん凄いよ！　最高だよ！　やっぱり、遥ちゃんしか勝たんなっ」

遥ちゃんが謙遜気味なので、俺は褒めまくる。

だって、凄いことは褒めないと頑張ってやった甲斐《かい》がないってもんだからな！

「あ、ありがとうございます……っ。で、でも兄殿……？　そういう発言は女子相手に気軽にやらない方が……」

「え？　あっ、もしかして嫌だった……？」

「い、嫌だなんてあり得ません！　む、むしろ、嫌ではないからこそ……。そ、そんなに褒められたらウチみたいな男子免疫ない女子は調子に乗ってしまうので……」

「調子乗ってもいいと思うぞ？　それに、俺は頑張った遥ちゃんだから言っているわけだし」

「っ⁉」

台本書くなんて誰にでもできることじゃないからな。

それも、１人でやったんだ。

俺だったら、「俺、天才じゃねぇ？」って、自慢げに思うけどなー。

「兄さんの無自覚は今日も絶好調ですね。兄さんは無自覚をしないと死ぬ体質なのでしょうか？」

「あはは……郁人《いくと》は相変わらずだねぇ。男性護衛官が何人いても足りないよ」

なんか玖乃《くの》からはジト目。留衣《るい》からはやれやれといった視線を向けられた。

俺、別に変なことしてないよな？

顔が赤くなっていた遥ちゃんが少し落ち着いた後……。

「では改めて、今回の七夕《たなばた》劇の配役発表をさせていただくっす！」

遥ちゃんが真剣な面持ちで見回す。

そういや、主役をやるとは聞かされたが……織姫と彦星どっちをやるかは聞いてなかった。

玖乃はどっちでもいけるだろう。

だが、俺は……どっちでもというわけにはいかない。

俺が織姫役だったらどうしよう⁉

それはそれで面白枠になって注目が……って、そんなの大惨事だろっ。どっちの役なんだろ⁉

「まず、主役の１人である織姫役は……市瀬《いちせ》玖乃さんにお願いするっす！」

「織姫役をさせていただきます、市瀬玖乃です。皆さん、よろしくお願いします」

玖乃が淡々と言い、軽くお辞儀すれば大きな拍手が起こる。

無駄な心配だったわ。でもほっとした。

玖乃は織姫役ってことだし、女装するってことだよな？

美少年な玖乃なら、女装も似合うに違いない！

「そして、もう1人の主役である彦星役は……市瀬郁人さんにお願いするっす！　……ほ、本当にいいですか？」

遥ちゃんが心配そうな顔をこちらに向けてきた。

劇団の他の女の子たちも同じ表情だ。

「いいも何も、最終的に俺が決めたことだからな。最善を尽くす！　改めて、彦星役になりました市瀬郁人です！　よろしくお願いしますー！」

ハッキリと言えば、皆どこかほっとしつつ、たくさんの拍手の音に包まれた。

「続きまして、天帝の役は……遠坂《とおさか》留衣さんにお願いします！」

「遠坂留衣です。演劇初心者なので、皆の力を借りることも多いですが、その分頑張るのでよろしくお願いします」

留衣がぐるりと見回して、爽やかな笑みを浮かべた。

おいおい、女の子たちの顔がぽっと赤くなったぞ。

留衣のイケメン天帝様で彦星《俺》が霞《かす》まないかが心配になってきたなぁー。

「ウチら、劇団メンバーもチョイ役で出させていただくっす！　あと、念には念をということで、彦星と織姫の台詞はこっちで覚えているっす。このメンバーで七夕祭の公演、絶対成功させましょう！」

遥ちゃんの力のこもった声に俺たちは大きく頷いたのだった。


稽古終わり。

留衣は先に帰り、俺と玖乃も帰る支度をする。

「改めて、俺と玖乃が主役をやらせてもらえるみたいだな。頑張ろうぜ、玖乃！」

「はい、兄さん」

お互いに気合いが入ったところで、玄関に向かおうとしたその時。

「あ、あのっ！」

ふと、背後から声を掛けられた。

振り返ると、そこには劇団の女子２人が立っていて……。

「呼ばれてるぞ、玖乃」

「どう見ても兄さん案件ですよ」

「え、そうなの？」

再度２人を見れば、こくこくと頷いていた。

本当に俺に用事があるらしい。

ソワソワした様子だったたし、てっきり玖乃に話しかけるのに緊張しているのかと思っていたが……。

「ボクはお手洗いに行ってきますから、話を聞いてあげてくださいね」

そう言って玖乃が俺から離れていった。

「それで2人とも、俺に何か用事かな？　なんでも気兼ねなく言ってね」

とりあえず、話しやすそうな雰囲気を出しておく。

「(ねえ……本当に言うの？)」

「(正直に言った方がいいわよ。お兄さん優しいいし、クラスの男子と違って怒らないだろうし……。それに、遥の時みたいに言った方が早めに解決するかもしれないし……)」

何か確認をしているのか、女子２人はコソコソと話し合った後。意見が纏《まと》まったのか少し緊張した様子で口を開いた。

「じ、実は……今回の公演で使用する織姫と彦星《ひこぼし》の衣装は、劇団で保管しているものを使用するつもりだったんですけど……」

「彦星役の衣装、女子用だからお兄さんの身体《からだ》に合わなくてですね……」

なるほど。衣装のサイズ問題か。

確かに、女子と男子では全然サイズが違うよな。

ましてや、俺は身体鍛えているし、そのまま着たら下半身の彦星が丸出しになっちゃうかも。

「それでその、お兄さんに合いそうな衣装がまだ見つけられていなくて……」

「あ、アタシたちが一から作ることも考えているんですけど……」

「さすがにそこまでしなくていいよ！　ありがたいけどね」

他の作業もあるだろうし、俺の衣装のためだけに時間を割いてもらうのは申し訳ない。

「教えてくれてありがとう。俺の方でも探してみるよ！　もしかしたら、先に見つけちゃうかもなっ」

俺はグッと親指を立てて、明るい笑顔を見せた。

◆◆

「とは言ったものの……２人が見つけられなくて相談してくれたのに、俺が簡単に見つけられるわけがないよなぁー」

椅子の背もたれに深くもたれかかり、ため息をつく。

パソコンで色々と調べてみたものの、男性サイズの舞台衣装は中々見つからない。

玖乃が言っていたように、外に出ることにすら怯《おび》える男が演劇という舞台に出るとは考えられないし、男性用の衣装は最初から作っていないのかな？

　祭り系も苦手って言っていたし、コミ〇のようなコスプレイベント用とかもないのかも……。

「もうちょい探してみるか……。それか、服に詳しそうな人に聞いてみるのもいいのかなぁ。服に詳しそうな人……」

　その時、ふとある言葉が脳裏をよぎった。


『彼女は鹿屋千夜《かのやちよ》。ＣＭでもよく流れている大手ファッションブランドを纏める鹿屋グループの一人娘であり、うちのクラスの学級委員長でもある』

『あら、私は市瀬君の女装姿に興味ありますよ。私に声を掛けてくだされば、お好みの洋服をすぐにお届けできるように手配しますから、是非是非～』


　いやいや、女装はしないけどな！

　だが、服に詳しそうな人といえば、鹿屋さんで間違いないだろう！

　もしかしたら、取り扱っている店舗とかも知っているかもしれない。

「早速、連絡を……って、俺、鹿屋さんの連絡先知らないんだったわ」

スマホを開こうとして、ハッと思い出す。

この世界では、男は身内や担当護衛官以外と連絡先を交換する機会がほとんどない。

女性と会話すらままならない状況で、連絡先を交換するなんてないだろう。

女性側もそれを分かっているのか、「連絡先を交換して！」などの単語は思い出せば、一度たりとも聞かなかった。

俺も、留衣と玖乃それに母さん以外の連絡先は持っていない。

てか、高橋《たかはし》と田中《たなか》の連絡先はもらっても良くないか？

いい機会だし、近々またある男子＆男性護衛官の親睦会で聞いてみよっ。

って、話が逸《そ》れたな。

「明日は確か、特別時間割だったし……鹿屋さんに放課後、相談してみよう！」

◆◆

『男性護衛官は７限目の説明がありますので、速やかに第１会議室に集まるように。繰り返します――』

昼休み時間が半分ぐらい過ぎた時、校内にそんなアナウンスが響いた。

「じゃあ行ってくるね、郁人。わたしがいないからって、くれぐれも１人でウロウロしないように」

「はーい。いってら～」

空き教室でお弁当を食べていた留衣と別れて、俺はひと足早く教室へ戻った。

自分の席に座り、教室内をぐるりと見渡すが……高橋と田中の姿はない。

おそらく、いつもの待機教室にいるのだろう。

他のクラスの男子もそっちで時間を潰しているに違いない。

男性護衛官が不在の今、教室にいると間違いなく女子に狙われるからな。

一方で、「男子は待機教室に集まれ」などと言われていなかったので……俺は教室にいることにする！

だって、女子に話しかけられたいし！

それに留衣も教室なら良いって言っていたし。

再び、教室内を見回していると……一際賑《にぎ》やかなところが目に留まった。

「ねえねえ、鹿屋さん！　最近ショッピングモールにできたあの話題の洋服屋って、鹿屋グループの運営店舗だって聞いたんだけど、本当っ⁉」

「私、鹿屋グループのファッションブランド全部好きなんだよね～」

「今季の新作も気になる～」

「鹿屋さんは将来はやっぱり、後を継ぐのー？」

ウキウキした様子の女子たちが鹿屋さんを囲んで話しかけていた。

「やっぱり鹿屋さんは人気者だよなぁー」

鹿屋さんは学校では学級委員長だが、その一方で、有名ファッションブランドを纏める鹿屋グループのご令嬢でもあるので、女子たちからさらに話しかけられているのだろう。

鹿屋さんとは朝は話せるけど、昼休みとか放課後は女子からひっきりなしに話しかけられているのをよく見る。

「ありがとうございます皆さん。今後ともよろしくお願いしますね」

矢継ぎ早な質問にも、鹿屋さんは終始笑顔で対応していた。

「また話聞かせてねー、鹿屋さ～ん」

「今度はおすすめのコーディネートを教えてね～」

しばらくして、鹿屋さんの周りから女子たちが離れ始めた。

「放課後にいきなり相談するのもなんだし、今、軽く言ってみるか……」

いいタイミングだと思った俺は、鹿屋さんの席に向かった。

「鹿屋さん、ちょっといい？」

「はーい……あら、市瀬君ではありませんか。市瀬君なら私のちょっとだなんて遠慮しないで、私の全部を貰《もら》っていいんですよ？　……もちろん、この身体ごと♪」

「ぶはっ」

後半の部分を俺にだけ聞こえるように耳元で囁《ささや》いた鹿屋さんについ反応して噴き出してしまった。

「市瀬くん、急に噴き出してどうしたんだろ？」

「鹿屋さんと市瀬くんが話してるー」

「あの2人もまああ話すよね～」

ああ、変に噴き出してしまったから、クラスの女子からの視線が一気に集まった……。

俺は「なんでもないよー」と周りに笑みを向けて……鹿屋さんに小声で話す。

「きゅ、急にどうしたの？　鹿屋さん？」

「市瀬君の方こそ、急に私のちょっとが欲しいだなんて、どうされたのですか？」

「欲しいとは言ってないぞ⁉　いやあれは、『ちょっと話があるから今いいかな？』って意味だったんだけど……」

「ああ、なるほど。勘違いしていました。残念です」

「そこは滅多《めった》に勘違いしないと思うが……って、残念⁉」

ってことは、鹿屋さんの全部貰えたりしたの⁉

し、しかも身体ごとって……もちろん、その巨乳も含まれて……。

「あら、本当はわたしの身体目当てでしたか？　視線が私のこの立派に育ったおっぱいに釘付《くぎづ》けですよ」

「わざわざ持ち上げてくれてどうもありがとう。確かに、おっぱいに釘付けになっていたのは素直に認めるが……。でも、俺も男だから理性はあるよ」

「その理性、私が今すぐに壊しても？」

「せめて高校生の間だけは遠慮してもらおうかなぁ……。青春したいし」

「性春でも市瀬君となら私は構いませんよ。ですが、卒業後のお楽しみというのもそれはそれで……」

「……なんかどっちにしろ、俺の貞操が危ない感じ？」

「それで、どういった話でしょうか？」

「ここで急に素に戻らないで!?」

小声で話しているがその分、鹿屋さんと距離が近いからか、クラスの女子たちの視線がまた集まり始めた。

ここは、単刀直入に言おう。

「鹿屋さん、今日の放課後とか時間ある？　実は、鹿屋さんに折り入って相談したいこと

みです」

「市瀬君の言うことならなんでも即答しますよ。ちなみに、お尻の方も育ちすぎたのが悩みです」

「おお、即答ありがたい」

「分かりました。大丈夫ですよ」

があって……」

「俺、今、質問とかしたつもりはないんだけど、何を言ったと思われてるの⁉」

「あら、市瀬君は大きなお尻は好きではありませんか？」

「す、好きですけど……」

おっぱいもお尻も大きいものはなんでも魅力的だよな！

「でしたら、良かったです。育った甲斐《かい》がありました♪」

笑みを深める鹿屋さん。

鹿屋さんって、清楚《せいそ》な見た目のわりに明るくて茶目《ちゃめ》っけもあって話しやすいけど……今日はなんか、随分と飛ばしてない？

学級委員長というブレーキどこいった？

とりあえず、放課後に鹿屋さんに相談聞いてもらえることにはなったのかな？

「でも、わざわざこうして言ってくださらなくとも、今日の放課後は市瀬君は私と過ごす

ことになりますよ」

「え？　そうなの？」

「はい」

確信したように、鹿屋さんは両目を閉じてニッコリと笑う。

どうしてそんなことが分かるのだろうと……俺は首を大きく傾《かし》げるのだった。

◆◆

帰りのホームルーム。

いつもは「アタシも早く帰りたい」ということで、すぐに帰らせてくれる聖美《きよみ》先生だが……今日は何やら連絡事項があるようで。

「今日から1週間は男性護衛官のみ7限目まである。つまり、放課後は男子を守る存在がいないというわけだが……」

ここで聖美先生が言葉を区切り、クラスを見回す。

「えー、察しているやつ、盗み聞きしたやつもいると思うが……」

盗み聞きした人いるんだ。

俺もちらっと見回せば……なんだか女子たちが真面目《まじめ》な面持ちだ。

それに、背筋もピンとしてる。

聖美先生はふぅとひと呼吸してから。

「うちのクラスでは……林間学校の時に決めた『補佐役』に護衛官の代理をしてもらう」

「「えーーーっ!!」」

直後、女子たちから一斉に落胆の声が上がった。

「やっぱり男性護衛官の代わりは補佐役になるのかぁ……」

「くっ！　男子と距離を縮められるチャンスだと思ったのにぃー！」

「あわよくば、そのままご両親にご挨拶を済ませる私の完璧な計画がぁぁぁ……！」

なんか妙に緊張感があるなぁと思っていたが、そういうことか。

男性護衛官の代わりのポジションを狙っていたんだなー。

男子と必然的にお近づきになれるからな。

視線をズラすと、その男子である高橋はどこか呆《あき》れた様子で、田中は苦笑を浮かべていた。

「隣の竹林《たけばやし》先生のクラスは、うちみたいに補佐役とか前もって決めてないから、放課後の男子の護衛枠を狙って女子たちが争っているようだな。ありゃ、長い戦いになりそうだ」

聖美先生は隣のクラスの方向に目をやり、ハハッと苦笑する。

さっきから隣のクラスが騒がしいと思っていたが、そういうことか。

林間学校に引き続き、大変だなぁー。竹林先生ファイト！

「まあ補佐役を代わりの護衛にすると言ったが、それでも不安ならその期間だけは保護者に連絡して迎えに来てもらうといい。その判断は男子に任せる」

聖美先生がそう付け加えると、田中と高橋が小さく頷《うなず》くのが見えた。

多分、保護者に迎えに来てもらうのだろう。

入学からずっと隣にいた男性護衛官と違って、林間学校でしか関わりがない補佐役に1週間も隣を任せるのにはまだ慣れないっていうものあるのかもな。

俺は補佐役と一緒に帰るけどな！

その後も、諦めきれない女子たちの抗議があったが、聖美先生は決して首を縦には振らず……補佐役が代理を担当することで決定した。

放課後になったので、俺は教材をせっせと鞄《かばん》に入れていた。

今日は劇の稽古はないけど……。

「さて、郁人。改めてわたしは7限目の授業があるから今日は一緒に帰れないよ」

「了解だ。ちなみに7限目の授業って何をするか聞いても？」

「格闘技の授業だよ」

「格闘技!?」

なにそれ、凄《すご》くかっこいい！

……って、この世界じゃ男はこういう格闘技系って興味ないんだっけ？

ええいっ、紛らわしい！　とにかく格闘技……俺の心をくすぐるワードだ。

「ふふ、身体《からだ》を鍛えている郁人なら興味を惹《ひ》かれるかな？」

表情に出ていたのか、留衣がくすりと笑う。

「めちゃくちゃ興味あるなぁ！　でも学校の授業で格闘技ってやるんだな」

習い事としてならまだしも、７限目ということは学校の必須授業としてカウントされているのだろう。

「男性護衛官はただ男子の傍《そば》にいるだけじゃないからね。もし男子が襲われそうになった時、しっかりと対処しないといけない。その護身術を身に付けてこそ、本当の意味での男性護衛官だからね」

「おおー！　かっこいいな！」

パチパチッと拍手もする。

「って、他人事《ひとごと》のように感心しているけど、郁人が危機感のない無自覚な行動をしなければ、もっと安全が保証されるんだけどねぇ？」

「はは……これからも末永くお世話になります！」

「す、末長くって……。今のわたしだと、その言葉は真に受けてしまうんだけど……」

留衣の顔がほんのり赤くなった気がする。

「市瀬君、帰りましょうか」

と、鞄を持った鹿屋さんがこちらに来た。

何故《なぜ》なら、鹿屋さんこそが俺の担当補佐役だからな！

「鹿屋さん、放課後1週間よろしくね！」

「はい、よろしくお願いしますね」

鹿屋さんがふわりと笑う。

こんな美少女と放課後帰れるとは……貞操逆転世界に来て良かったたって思う。

「ねえ、郁人？」

横から留衣に指でちょんちょんと突《つつ》かれる。

「変なことされそうになったら、わたしにすぐに連絡してね？」

「おう、分かった。でも大丈夫だろ。俺の隣には鹿屋さんがいてくれるし」

「ああ、付け忘れていたけど、鹿屋さんに変なことされたらって意味だからね？」

「そうだったのか。鹿屋さん、俺に変なことするー？」

「しませんよ〜」

「だってよ。だから大丈夫だ！」

「郁人……そんな簡単に人の言葉を信用しちゃダメだよ？　チョロすぎて君の将来まで不安になってくるよ……」

まじで将来まで心配していそうなトーンで言われた。

「それと、鹿屋さん？　変なことって、郁人に対してその……えっちなことをすることだからね？」

えっちという単語で少し顔を赤くした留衣。

何を想像したのだろうか、詳しく。

「えっちなこととは具体的にどういうことでしょうか？　1から10まで教えてくださいな」

そこを見逃すことなく、笑顔で詰める鹿屋さん。

「鹿屋さん……？」

「そう怒らないでください、遠坂君。ちゃんと分かっていますから。つまり、えっちなこと以外はなんでもしていいということですよね？」

「そんなに怒られたいのかな？　お説教が希望かな？」

「鹿屋さん。留衣のお説教は長いぞ。俺は最長で1時間30分だ」

「あら、それは長いですね。カップ麺30個作れますね」

「30個も食べたら太っちゃうなぁー、俺」

「私も大きいのは胸とお尻だけで十分ですので、ここは揶揄《からか》うのをひとまずやめましょうか」

ひとまずってことは、また留衣のこと揶揄うつもりなんだ。

「なんで君たちは妙に息が合っているのさ……。はぁ……。とにかく、郁人に何かあったらわたしが許さないからね？」

「分かっております。しかしながら、遠坂君は私のことをもっと信用してもいいと思いますよ？」

「……そのどこを見て信用しろと？」

確かに、たった今、鹿屋さんは俺の腕に自分の腕を絡ませてくっついてきた。

そりゃもう、おっぱいがぐいぐい当たっている。

「遠坂君は私の口から言わないと納得されないようですね」

「鹿屋さんの身体は正直だからってことかな？　じゃあ口からお願いするよ」

「まあ、私の口からお願いなんて、それこそえっちじゃないですか。遠坂君は意外とむっつりなんですね」

「……」

ついに無言になる留衣。

経験者から言わせてもらうと、これはお説教モード発動がかなり近い……。

「そろそろ真面目に話さないと遠坂君に怒られてしまいますかね、市瀬君？」

「だいぶ、怒る寸前だと思うけどね。とりあえず、俺から早く離れた方がいいよ」

「それだけ市瀬君は遠坂君に大切に思われているということですよ」

「おお、そうなのか」

会話を振り返ってみれば、俺のことで怒りそうになっているな。

「では遠坂君。私の方からも１つ……お耳の方を少し貸してくださいな」

いつの間か、留衣の間近に移動していた鹿屋さん。

そのまま留衣の耳元へと……。

「林間学校の露天風呂……市瀬君と一緒に入っていましたよね？　私だけ外でお預けなんて寂しいです。もっと言えば、ズルいです」

「っ!?」

「あと……私は、いっくんに嫌われるようなことなどしません。だって、嫌われてしまったなら、私の存在価値などないのですから」

「っ⁉」

「ん？」

鹿屋さんが小声だったので、俺の位置からは聞こえなかった。

でも、何か言われた留衣は驚いたように目を見開いて……結構驚いてるな。動揺が見える。

鹿屋さん、結構凄い発言でもしたのかな？

「どっちが本音？　いいや、脅しって言った方がいいのかな……？」

「あらあら、脅しだなんて物騒ですよ〜。ただ、私は市瀬君に対しては変な嘘《うそ》はつきませんから」

「……」

「さて、遠坂君。私にお任せくださいね」

「……じゃあ任せるね、鹿屋さん」

「るーちゃん、着替えに行こー！」

「次の授業は体育館ですからね。急ぎましょう、留衣さん」

灯崎《あかりざき》君と上嬢《かみじょう》君に声を掛けられたこともあり、合流して留衣は教室を出た。

「ふふっ。私の本心を言ったとはいえ、遠坂君の警戒もなんだか甘くなりましたね。これは遠坂君自身に何か心境の変化が……」

鹿屋さんが小声で何か言ったような気がしたが、聞き取れず……。

でも目を細めてクスリと笑い、なにかを見透かすような視線を留衣に向けていた気がした。

それから鞄を持ち、正門を出れば、同じく帰るところだった女子生徒たちから一気に注目を浴びた。

「あれっ！　今日市瀬君の隣にいるの、遠坂君じゃなーい！」

「1年の男性護衛官ってもしかして、この時期に特別授業があるからいないんじゃない？」

「がちっ⁉　じゃあ今話しかけるチャンスじゃん！」

「いや、でも今度の相手はあの鹿屋グループのご令嬢の鹿屋さんだよ？　手を出したらどうなることやら……」

なんだかいつもよりも、女子たちの視線が多いような……？

「なあ、鹿屋さん。視線めっちゃ感じない？」

「皆さん、市瀬君の隣にいるのが男性護衛官でないのが珍しいのでしょう」

「ああ、なるほどな。てか、本当に放課後を鹿屋さんと過ごすことになったな。鹿屋さん、もしやエスパー？」

「エスパーってことにしても良いですが……ここは種明かしをしましょうか」

「えっ、なんかトリックがあったの⁉」

それはそれで凄いような。

「ええ。そもそも、補佐役の制度を聖美先生へ提案したのは……私ですから」

「そうなの⁉」

補佐役とは、林間学校の時に男性護衛官ともう1人誰か護衛にいた方がいいとなった時、聖美先生が事前に決めておいた役割だ。

それが鹿屋さんの提案によるものだったとは……。

「こういった時に便利だと思いまして」

「確かに、補佐役を先に決めておけば男性護衛官が急な用事とかで抜けてもすぐに代わりになれるもんな！　さすが鹿屋さんだ！」

「……まあ、今はそういうことにしときましょうか」

「？」

「それで、市瀬君。私に相談したいこととはなんでしょうか？　公衆の面前でやりにくいのではあれば、急いで別の場所に……」

「なんでちょっと顔を赤らめてるの⁉　てか、何もやらないよ！　ちょっと頼み事をしたいだけであって！」

「頼み事ですか？」

「まあな。実はさ……」

俺は七夕祭《たなばた》で公演をすること。

そして、その時に着る衣装問題について話した。

鹿屋さんは少し考え込んだ後……。

「男性物の演劇用の衣装ですか。思い当たるところはありますが……」

「ほんと！　じゃあ、店名と電話番号を教えてもらえると助かる！　あとは自分でレンタルできるかとか聞いてみるからさ！」

「それは構いませんが……」

「ありがとう！」

これで俺の衣装問題解決に王手だろ！

どこも露出することなく、安心して彦星《ひこぼし》を演じられるな！

「市瀬君は私に頼まないのですか？」

「え？　今、店と電話番号を頼んでいるぞ？」

「いえ、そうではなく……。私にその衣装を用意させたりはしないのですか？　だって、私は鹿屋グループの娘です。私が口利きすれば、大抵のことはすんなりいくでしょう。もちろん、私は市瀬君の頼みとあれば引き受けますし……。それに私は、貴方《あなた》に頼られるために今まで頑張ってきましたから」

鹿屋さんがやけに真剣な表情と真っ直《ます》ぐな瞳で言う。

俺に頼られるためっていうワードも気になったが……。

「鹿屋さんは鹿屋さんだからな」

「……？」

鹿屋さんが小首を傾《かし》げる。

まあ今のじゃ、分かりづらいよな。

といっても、俺も上手《うま》く説明できるかどうか……。

「俺は鹿屋グループの鹿屋さんと話しているんじゃなくて、友達の鹿屋さんと話しているってこと。おすすめの服屋さんを教えてもらっても、友達に服買ってこいだなんて普通言わないだろ？」

鹿屋さんは目を丸くして、しばし沈黙した後……。

「つまり、市瀬君は私のことを家柄ではなく、私個人として見てくれているのですね」

「まあ、そういうことだな」

「……本当にいっくんは変わらないですね。そんな貴方が私は……」

「ん？　今、何か言った？」

「いえ、なんでもありません。ですが、私個人が市瀬君の力になりたいと自主的にやるというのはどうですか？」

「つまり、鹿屋さんが厚意で衣装を手配してくれるってこと？」

「もちろん」

そうしてくれるなら……う〜ん、甘えちゃうか！

「じゃあお願いしてもいいかな？　あと、連絡先も交換して欲しい！」

「分かりました。私の……貰《もら》ってください♪」

「連絡先をね！　その間だと意味深だよ!?」

「私はそっちの意味でも良いのですけどね」

なんか鹿屋さん、俺を揶揄うこと楽しんでないか!?

こうして、俺の少ない連絡先に鹿屋さんが追加されたのだった。

その3日後。

放課後になり、今日も鹿屋さんと一緒に帰っていた時だった。

「市瀬君、衣装の準備ができましたので今からお時間ありますか？」

「えっ、もう⁉」

「はい。しかしながら、翌日にお届けしたかったのですが、今回は男性用とあり少々手間がかかりまして……」

「いやいや！　めちゃくちゃ早いよ！　本当にありがとう！　今日は劇の稽古もないから時間の方も大丈夫だ！」

「では、私の家に向かいましょう。そちらに衣装の方を用意しますので」

「分かった！」

「ふふ、元気なお返事ありがとうございます」

鹿屋さんの家……一体、どんな家に住んでいるか気になるなぁー。

「あの男子の隣……噂《うわさ》通り、男性護衛官じゃないわ。ただの一般女子よ」

「男性護衛官がいないなら、チャンスかも……」

「しかもあの男子って、他の男子と比べて全然怯《おび》えた感じないし、ワンチャン、ナンパしてOK貰《もら》えたりして……」

「隣の女の子は綺麗《きれい》だけど、守れる力はなさそうよね……」

それにしても……周りの視線を感じる。

確か、隣が男性護衛官じゃないから注目を浴びてるって鹿屋さんが言っていたな。

でも、最初の日よりもさらに視線を浴びているような……？

他校の女子高校生にスーツ姿のＯＬ、明るい髪色でチャラチャラした女の人……てか、人通りが今日はやけに多いような？

しばらく歩いていると、鹿屋さんは立ち止まった。

「ここで待ちましょうか、市瀬君」

「ん？　ここで待つとは？」

鹿屋さんが足を止めたので、釣られて俺も立ち止まったがここはまだ道中。

すると、視線の先にある黒塗りの車がこちらに向かってくるのが見えた。

いかにもお金持ちの車って感じだ。

「ほら、来ましたよ」

「どういうこと!?」

他人事《ひとごと》のように眺めていたら、どうやらこの高級車のことだったらしい。

「あまり財力を見せびらかすことはしたくないですが……今回はこちらの方がいいと思い

まして」

「？　そうなんだ？」

「はい。そうなんです」

鹿屋さんは両目を閉じて、ニコッと笑う。

ふと、周りを見回せば、さっきまで感じていた視線がなく……というか、周りにいた女性たちもいなくなっていた。急いで帰ったのか？

「さあ、市瀬君。紹介しますね」

鹿屋さんの言葉に正面を向けば、運転席側から淡い緑髪を丸く纏《まと》め、白黒のメイド服に身を包んだ女性が降りてきた。

「初めまして。お嬢様の専属メイドをしております、四季《しき》と申します」

凛《りん》とした表情で告げた四季さんがお辞儀をした。

その一連の所作に見惚《みと》れつつ、俺はメイド服に視線が行ってしまった。

「四季さんはメイド服なんですね……」

メイドと言っているのだから当然といえばそうだが、この世界では、女性側が数少ない男性を守るため、動きやすいパンツスタイルの服装の方が一般的らしい。

男性護衛官とかがいい例だろう。

しかし、四季さんが着ているのはロングスカートにフリルがついているＴＨＥ・メイドそのもの。

やっぱり……メイド服はいいよなぁ！

「私がメイド服なのはおかしいでしょうか？」

少し戸惑ったように首を傾げた四季さん。

変に誤解させてしまったみたいだ。ならば、ちゃんと伝えないとな！

「四季さんのメイド服めちゃくちゃ似合っています！」

「っ、そ、そうですか……。褒められるのは初めてですね」

「そうなんですか？　メイド服は男でも好きな人は多いはずなんだけどなぁ」

「いえ、そうではなく……」

「？」

どうやら違ったらしい。じゃあ、なんだろう？

俺が首を傾げて四季さんを見返せば、四季さんの頬がほんのり赤くなっていった。

「あらあら四季？　今夜は私と長話しましょうねぇ？」

「お嬢様。市瀬様に構ってもらえないからって、拗《す》ねないでください」

そう言いつつ、四季さんが車のドアを開けた。

「市瀬君、どうぞこちらに」

先に車に乗った鹿屋さんが自分の隣をぽんぽんと叩《たた》いた。

「えと、俺もいいんですか……？」

念のため、四季さんにも聞けば、「もちろんです」と言われたので、乗り込んでシートベルトを締める。

ふかふかで乗り心地がいいなぁーなんて思いながら車内をキョロキョロ観察していたら。

「やっとわたしの隣に来てくれましたね、いっくん」

鹿屋さんが数センチほど距離を詰めたと思えば、右腕にくっついてきた。

そして、呼び名が市瀬君からいっくんへ……。

やっぱり、俺と鹿屋さんは昔からの知り合いで……。

「いっくん、ぎゅっとしてもいいですか？」

「もうしてるけど？」

「念のための確認です」

「お好きにどうぞ」

俺としてはくっつかれるのは嫌ではないのでこのまま受け入れたのだった。

しばらくして、車が停車した。

四季さんがドアを開けてくれて外に出る。

目の前に見えるのは、鹿屋さんの家だろう。

ただ、そこにあったのはパッと想像するであろう家ではなく……。

「こちらが自宅です。周りと比べてちょっと大きい家ですね。さて、中へ入りましょうか～」

「いや、待って⁉　そんなにサラッと紹介しないで⁉　超豪邸なんですけど⁉」

のほほんと間延びした口調の鹿屋さんに対して、俺は驚きのあまりつい声を張り上げてしまう。

確かに鹿屋さんの言う通り、大きな家。

周囲の住宅を圧倒する重厚感と壮大さを誇る屋敷だ。

中に入ると、さらに驚かされた。

広々とした間取り、細部までこだわりの詰まった内装。ハイテク機器も揃《そろ》っていて、もはや高級ホテルのようだ。

「す、すげぇ……」

「ふふっ、いっくん。先ほどから口が開いたままですよ。可愛《かわい》らしいですね」

クスッと手を添えて笑う鹿屋さん。

俺の反応が面白かったのか、屋敷の部屋を全部紹介してくれたのだった。

リビングに入ると、テーブルの上には紅茶とクッキーやチョコなどのお菓子が用意されていた。

「うまいっ」

「いっくんが気に入ってくれて良かったです」

スナック菓子とは違って上品な味がする。

でもちゃんと美味《おい》しい。これが良いものってやつかぁ。

「って、このままじゃ鹿屋さんの家を堪能して終わっちゃう⁉」

「私としては泊まっていってくれてもいいんですけどね？」

凄《すご》い魅力的な提案だが、泊まりだと留衣出動だけではなく、玖乃のお説教も始まるだろう。

「お待たせいたしました」

不意に四季さんの声が聞こえたと思えば、衣装が3着掛けてあるハンガーラックを押して部屋に入ってきた。

四季さん、途中からいなくなったなぁと思っていたけど、衣装を用意してくれていたんだな。

「もしかして、これ……」

「はい。使わなくなった浴衣《ゆかた》を彦星《ひこぼし》っぽい衣装にアレンジしてみました。私も製作に携わりました。なので、ぜひお好きなものをお使いください。まあ、これら全てプレゼントいたしますけど♪」

鹿屋さんがにこっと笑った。

言っていることは、そんなにサラッと流しちゃいけないことだけど。

「えっ……まじ？」

こんな短期間でここまで準備してくれているとは思わなかった。

しかも、わざわざ彦星用に作ってくれた上に全部プレゼントだと？

パッと見ただけだが俺の体型に合いそうな……。

「って……俺、サイズとか教えた覚えないけど、どうやって分かったの？」

「勘です」

「勘なの!?」

「というのは冗談です。実は、鳳銘《ほうめい》高校の制服は鹿屋グループの制服ブランド部門が請け負っていますので、そこからいっくんのスリーサイズ情報を拝見してご用意しました」

鹿屋さんがまたもやサラッと言うが……絶対そんなに軽く流しちゃいけないだろ！

だが、鹿屋さんのその様子からサイズとデザインにはかなりの自信があると見た。

これは……衣装問題は解決したも同然だな！

「鹿屋さん本当にありがとう！　お礼に何かさせて欲しい！」

「お礼ですか……」

「まあ、俺にできる範囲にはなるけど」

鹿屋さんは俺の言葉に数秒悩んだ様子だったものの……。

「では、いっくんの写真を撮らせてもらえませんか？　もちろん、複数枚」

「俺の写真？」

サラッと告げた鹿屋さんに一瞬、耳を疑った。

「なんで俺なんかの写真を？」という疑問を口に出す前に……。

「はい、いっくんの写真です。だって……ふふっ」

続きを話すかと思ったが、鹿屋さんは意味ありげに笑いをこぼした。

「これは大ヒントになりますが……まあ、いいでしょう」

鹿屋さんは何かをぼそりと言った後……俺の顔をじっと見てから。

「私にとっていっくんは……特別な男性ですから。だから写真が欲しいです」

微《かす》かに頬を赤く染め、微笑《ほほえ》む鹿屋さん。

『鹿屋さん。やっぱり俺たち、前にどこかで会ったことがあるの？』

『はい。ありますよ。ぜひ当ててみてください』


瞬間、林間学校での会話も思い出した。

鹿屋さんと俺は昔どこかで会ったことがある……。

それに今も、揶揄《からか》っているという雰囲気ではない。

特別な男性……その意味はどう受け取って良いのか、分からないが……分からないなりに、ここは余計な言葉を挟むのは良くないな。

「そっか。じゃあ俺の写真でよければ撮っていいよ！」

「ありがとうございます。たくさん撮りますね。――四季」

「はい、お嬢様」

四季さんが鹿屋さんに渡したのは……素人《しろうと》の俺から見てもめちゃくちゃ高そうなカメラだと分かる。

「着替え中を撮るのはアリですか？」

「ナシかなぁ。カメラとなるとさすがの俺も恥ずかしい」

「安心してください、市瀬様。お嬢様は私が止めますので」

「それなら安心ですね」

それから隣の部屋で衣装に着替えてから、サイズのチェックやデザインのこだわりポイント的なものの説明を鹿屋さんがしてくれた。

「なるほど……。デザインのこだわりを聞くとより良いなぁ。俺はやっぱり、今着ているこれかなぁ。ブルーだと彦星っぽい感じするし、着心地がいいし……」

「私もその衣装が1番似合っていると思いますよ」

「そっか。じゃあこれにするよ！」

彦星の衣装決定。

と……こういうやり取りをしている間にも、鹿屋さんは写真を撮っていた。

しかも、構えている時間が長いので多分、連写。

「鹿屋さん、写真の方はどうだ？」

「はい♪　順調ですよ」

鹿屋さんは顔を綻ばせていた。

こんな反応をされたら、「俺なんか撮っても楽しいのかな？」などと口を挟めないよな。

と、ここでスマホの着信音らしきものが響いた。

「もう……せっかくの至福の時間なのに……。いっくん、少し席を外しますね」

スマホをいじりながら、鹿屋さんは部屋の外へ出ていった。

となれば、四季さんと２人きりになる。

何を話そうか迷っていると、先に口を開いたのは四季さんの方で。

「市瀬様。この度はお嬢様のわがままに付き合っていただき感謝いたします」

四季さんが深々と頭を下げた。

「いやいや！　むしろ俺のわがままに鹿屋さんを付き合わせてますから！　気にしないでください。それに楽しいですから」

俺がはっきり言ったからか、四季さんはそれ以上は言い返すことをやめた。

「でもまあ、これぐらいのわがままならまだ可愛い方に入るかもしれませんね」

「もっとすごいわがままがあったんですか？」

気になって聞くと、四季さんはため息をひとつ漏らしてから。

「それはもう……昔のお嬢様はわがままどころか悪ガキでしたから」

「悪ガキ……！」

鹿屋さんはいつも柔らかに微笑んでいて優しげな雰囲気な半面、クラスの個性的な女子たちを纏《まと》める学級委員長でもある。

悪ガキとは、真逆だ。

「昔のお嬢様は、習い事をよく放り出していました」

ほう、習い事が嫌いだったのかな？

「日常生活の中では、私含めたメイドたちによく悪戯《いたずら》を仕掛けたりしていました。例えば、スカートをめくったり、胸を鷲摑《わしづか》みで揉《も》んだり、メイドが使う風呂場に洗剤をばら撒《ま》き、ぬるぬるにしたり」

やることが元の世界の漫画にいる悪ガキショタだな。

「私に対しては、『お前は一生、おれのお世話をしろ』などと勝手なことを仰《おつしや》っておりました」

それは……ちょっとワルでかっこいいかもっ。

「とにかく、昔のお嬢様はクソ……んんっ。悪ガキでした」

四季さんの顔が当時のことを思い出しているからか、凛《りん》とした表情が険しくなっていく。

子供の頃の鹿屋さんには相当、手を焼いていたみたいだ。

しかし、今の鹿屋さんとの印象が全然違くてどこか信じられないなぁ……。

『ヒントになるか分かりませんが……回答の仕方は〝私が昔はどういう子だった〟にしま

す』

　俺はまた、林間学校での鹿屋さんとの会話を思い出した。

　あのヒントは余計に分からなくなると思っていたが、鹿屋さんの過去は今の姿とは大違いみたいだな。

　あれ？　これもう悪ガキで正解なんじゃね？

　と思いつつ、鹿屋さんとは会ったことがあるんだし、その記憶を思い出した上で回答するけど。

「そんなお嬢様は……〝とある方〟と出会って変わりました。それからは文句ひとつ言わず、自らなんでもこなせるように努力しておりました」

　四季さんの表情が柔らかいものになる。

　ずっと鹿屋さんのことを見てきた四季さんだからこそ、その成長を感じるのだろう。

「とある方は鹿屋さんにとって大事な人なんでしょうね！」

「はい。大事な方ですよ。今、この瞬間も」

　それほど大事に思っているってことか。

　そういえば、鹿屋さんには心に決めた人がいるって留衣に聞いたな。

もしや、その心に決めた人と、とある方が同一人物だったら激アツ展開だな！

「俺、鹿屋さんのこと応援してますねっ」

「……。なるほど。これはあのお嬢様でも手こずっているわけですね」

「え？」

「いえ、なんでもありません」

四季さんは凛とした表情に戻ったのだった。

◆◆

「鹿屋さん今日はありがとう！　また学校でねー！」

市瀬君……いっくんが腕をブンブン振りながら帰っていく。

ああ、そんな姿も可愛《かわい》らしい……。

カシャカシャカシャカシャカシャカシャカシャ……。

「お嬢様。市瀬様から見えないからといって、連写しないでください」

その声だけで、四季が呆《あき》れた顔をしているのが分かった。

まあ、十分に写真は撮れたので座り直す。

「それにしても、いっくんの方から私を頼ってくださるなんて……」

いっくんのかっこいい姿も見られて、今日は本当にいい日……。

私は今、気分が良い。

そしてポケットからとある写真を取り出す。

写っているのはツーショット写真。

あの頃は、お互いに身長が一緒ぐらいだったけど……今では彼の方が高く、そして逞《たくま》しい。

「身体《からだ》つきは変わっても、中身は変わらないまま……これほど変わらないことに安心したのは初めてですね」

写真を眺めているだけで微笑ましかった。

でも今は、私が近づけばいつでも温《ぬく》もりを感じることができて……ちゃんと再会できたんだと、実感する。

「はぁ……やっぱりいっくんは変わらず可愛くて、カッコいい。ふふふ、ふふふふっ」

「笑い方が怖いですよ、お嬢様。役回り的なことばかりしていてはそろそろいけないのでは？　このままではお嬢様は都合の良いお助けキャラ。強キャラと見せかけてメインヒロインでないやつ。幼馴染《おさななじみ》はやっぱり勝てなかった、のような結果になってしまいますよ？」

「まるで負けヒロインのような特徴ですね？　私はそうはなりません」

「フラグですか？」

「ええ。勝ちフラグですけど」

また四季が呆れた顔をしている気がするが……私はいっくんともう二度と離れるつもりはない。

もう一度写真に視線を落とせば、歯を見せて笑う黒髪黒目の少年と短い茶髪に半袖短パンの活発そうな子が写っている。

後者の子は昔の私。

その隣の男の子こそが……。

「ふふっ。このヤンチャな子が実は女の子《私》だったと、気づかせてあげますからね、いっくん」

第五章『織姫と彦星ってイチャイチャするよね？』

公演まで、あと2週間を切ったある日のこと。

台本を片手に、『織姫と彦星《ひこぼし》』の通し稽古をしてみたが……。

「ふむ、やっぱりっすねぇ……」

監督として演劇を見ていた遥《はるか》ちゃんが、悩むように小さく頷《うなず》いていた。

「俺がセリフを噛《か》んだり、読み飛ばしたせいか？」

「いえ、ボクの表情が固いからだと思います」

「わたしは1つ1つのセリフが長いから、一息つくタイミングを間違えたり、説明口調になってしまっているからかも」

特に台詞《せりふ》の多い俺、玖乃《くの》、留衣《るい》がそれぞれ反省を口にする。

と……遥ちゃんがふと顔を上げてこちらに気づいた。

「あっ……す、すみません！　独り言を言ってしまって……！」

「大丈夫だよ。それで、やっぱり俺が悪い？」

「い、いえ！　兄殿も皆さんも悪くないですよ……！　逆に自分の課題点に気づけているのは良いことっす！　気づいているなら、そこを意識して練習を続ければ上達します！

ただ、ウチが……」

「ん？　遥ちゃんが？」

「はい……。ウチが作った台本、やっぱり世界観の表現だけになっているなぁと思いまして……」

「それが演劇じゃないの？」

「ま、まあ、そうなんですけど……。今回の目的は『注目を集める』でもあるっす。けど、今のままだと物足りないかなと……。皆さんに演じてもらっていい感じではあるんすけど、せっかくならもっと良いものにしたいと思いまして……」

「なるほど」

つまり、馴染《なじ》みのある物語を演劇にしても、注目はされるだろうが、印象に残るかは微妙だということかな？

それに劇なのに、「男がいた！」だけが先行して、あとは記憶に残っていないないなんて困るな。

いずれにしろ、もっとインパクトが必要そうだ。

「でも、今から新たに物語を作り直すのは遥ちゃんが大変じゃないか？」

「郁人《いくと》の言う通りだね。それに、天帝役のわたしはともかく、主役の郁人と玖乃くんが台本の変更に対応できるかどうかも分からないからね」

「兄殿と留衣先輩の言う通り、今から台本を作り直して、それをまた1から覚えて稽古する時間はありませんよね……」

遥ちゃんが言い終わると、場に静寂が訪れた。

が……数秒後、遥ちゃんが小さく息を吸って口を開いた。

「今の台本をベースに新たなシーンを追加する形にするっす。入れるべきは……織姫と彦星のイチャイチャシーンですかね」

「ほほう」

遥ちゃんの真剣な表情に釣られて、俺も真面目《まじめ》な顔つきになる。

織姫と彦星が仕事そっちのけでイチャイチャして、天帝様に引き離された……というのは七夕《たなばた》話の有名な一節だ。

誰もが知っているということで、ナレーションで流していたが……。

「昔から伝わる七夕話といえば、織姫と彦星の1：1の純愛ものですけど……。現代は、男女比が1：20。それに、男性は女性に対して苦手意識が強い……。だからこそ、織姫と彦星の純愛イチャイチャは需要があり、観客も増えると思うっす！　あわよくば、それきっかけに劇団にも興味を持ってもらえたり……」

話していくうちに確信に変わったのか、遥ちゃんの声が力強いものになる。

というか、この世界だと寝取りじゃなくて、純愛の方が珍しくて脳にダメージがあるのか？

寝取りは嫌だが、純愛でやるなら面白そうだ！

「おお、いいねぇ！　イチャイチャやっちゃおう！　思う存分やっちゃおう！」

「「おー！」」

遥ちゃんと俺は拳を突き上げる。

気分も盛り上がってきたー！

「兄さん？　相変わらず他人事《ひとごと》のようなリアクションですが、今回それをやるのはボクたちですよ？」

「おお、そうだった」

玖乃の言葉で我に返る。

織姫と彦星がイチャイチャするということは……俺と玖乃がイチャイチャするということ。

ふむ……問題ないな！

「てか、この世界の……じゃなくて。今時の彼氏彼女ってどういう感じなんだ？」

現地調査といこう。

モテたいモテたいと思っている俺だが、貞操逆転世界でのカップル事情は知らなかった。女の子の数が多いし、やっぱりチヤホヤされるハーレム生活だろうか！

そんな夢のような世界だとワクワクしていたが……遥ちゃんたちはどこか重々しい雰囲気で。

「……そうですね。まず、男性が基本的に上の立場っす。亭主関白ってやつですね」

ええ……亭主関白って、夫婦になってからの話じゃないの……？

「それから、男性は彼女をすぐ変える場合が多いっす」

……うわぁ、クズじゃん。付き合ったなら大事にしようよ。

「まあ、男性は複数の女性からアプローチされるのが当たり前っすからね。男性側は選びたい放題っすから。今は一夫一妻ですが、来年辺りにはそろそろ一夫多妻制度の話も本格的に進むっすよ。ただでさえ少子化なのに、男性が女性を苦手なことがさらに拍車をかけているっすからねぇ〜」

「まあ制度がなくとも、男性が女性に囲まれるなんて当たり前だけどねー。そういえば、アタシのクラスで他校の男子と付き合い始めたって自慢している子がいたけど……よくよく聞けば、直接会っているのは1ヶ月に1回だけなんだってー。あとはたまにビデオ通話とか」

「それって、付き合ってるっていうの？」

「男子に会える権利をもらっただけって感じだねぇ～」

遥ちゃんに続いて、女子たち3人も声を上げる。

「でも彼氏と公言できるだけ良くないっすか？　ウチなんて、過去に男子に舌打ちされたことあるっすよ。ただ、プリントを渡した時にちょっと手が触れただけというのに……」

「ああ、アタシもそういえば、体育で汗かいたから制服の第三ボタンまで開けていた時、男子から冷たい視線を受けたことある」

「わ、私も肩と肩がぶつかりそうになって、嫌な顔をされたことがあります……」

「私は消しゴムが落ちていたから、拾ってあげたら、もういらないって言われたことあるねぇ～」

と、次々と彼氏彼女事情……いや、これは男子の話だ。

チヤホヤハーレムはあくまで男目線……というか、俺目線。

女子側にはまた違ったように映っている。

男子が女子のことが苦手といえど、そんなあからさまな反応されると悲しくなるよなぁ。

つか、男子！　もっと女子に優しくしなさいよ！

「あと男子から冷たい視線を送られたといえば――」

「ストップストップ！　教えてくれてありがとう！」

なんだか空気がどんよりしてきたので、なんとかして話題を変える。

玖乃と留衣も苦笑いを浮かべていた。

「じゃ、じゃあ逆に理想の彼氏彼女のやり取りとかあるかな？」

次にそう質問すれば、場がぱっと明るくなり、遥ちゃんたちの声も弾んだ。

「やっぱり、褒めてもらいたいっすよね！　頭をナデナデしてもらったり～」

「いつもありがとうな、玖乃！」

髪の流れに沿うように、玖乃の頭を優しく撫でる。

細くて、サラサラな髪……よく手入れしてある証拠だ。

「容姿を褒めてくれたり～」

「いやぁ、玖乃って改めて思うけど、顔綺麗《きれい》だよなぁ」

玖乃を見つめると、自然とそんな感想が出てくる。

白くてシミひとつない綺麗な顔である。

今は少し赤みもあるけど。

「あとは、少女漫画とかに出てくるようなお姫様抱っこされたい——」

「んしょ……玖乃軽っ。もっとちゃんと食べないとダメだぞー？」

玖乃をひょいっと持ち上げる。

細くて軽いので、抱っこしたまま走れそうだ。

今日の夕飯はメンチカツとコロッケにしよう。玖乃にカロリーを食わせなきゃ。

「って、全部できてる⁉」

こちらに気づいた遥ちゃんがいいリアクションをしてくれた。

玖乃を一旦、お姫様抱っこから下ろして……。

「イチャイチャシーン……俺たちなら余裕だな、玖乃！」

「～～っ！」

ドヤ顔でグッと親指を向けたものの、玖乃は俯《うつむ》いて小刻みに肩が震えていた。

「あれ？　く、玖乃……？」

「……」

「あ、あのぉ……」

「こ、これから休憩ですよね。ボク、先に休んできますっ」

早口でそう言い、玖乃は逃げるように大広間を出た。

髪からチラッと見えたその耳は、真っ赤だった。

そして……全員の視線が俺に集まる。

「お、俺……もしかして玖乃から嫌われた⁉」

「はぁ……全く、郁人は……」

やれやれ、と。おでこを押さえる留衣が目に入る。

それから俺たちも休憩に入って、留衣は「玖乃くんの様子を見てくるねー」と言った。

「遥ちゃん……さっきの俺、やっぱり玖乃に嫌われたと思う？」

「いやいや！　ウチから見てもあれは嫌われたのでなく、照れ……んんっ。く、玖乃殿はちょっとびっくりしたんじゃないですかね？」

「そうかな？」

いきなり頭を撫でたりとかしたもんな。

そりゃびっくりするか。

じゃあそういうことにしよう！

後から謝ることもしよう。

「でも……意外っすね。玖乃殿でもああやって照れたりするんすね」

「そりゃ、玖乃だって人間だし、照れたりすることもあるだろ」

「ま、まあ……それはそうなんすけどね……」

遥ちゃんはあはは、と苦笑い。

「なんと言いますか……玖乃殿って、クールで落ち着いていて、それでいて急な相談事でも聞いてくれて……。うちの学校で陰ながら人気があるんっす」

「ほほーう。やはり玖乃は人気なのかー」

整った容姿に加えて、頼りになる性格だ。もう、惚《ほ》れちゃうね！

だが……陰ながらという単語が少し引っ掛かる。

それは今、少しだけテンションが下がった遥ちゃんと関係しているのだろうか？

「けれど、その半面……あのクールで大人びた様子から、高嶺《たかね》の花って感じで、真面目な話以外のことは、そう気軽には話しかけられない存在っす。男性護衛官をしているからっていうのもあると思いますが……玖乃殿が担当男子以外の特定の誰かと仲良く話してるところとか見たことがありません」

「学校での玖乃ってそういう感じなのか……」

初めてそんなことを知った。

玖乃は自分のことはあまり話したがらないからなぁ。

玖乃はちょっと人見知りや警戒心が強いところもあるし、それが容姿と合わさって気軽に話しかけづらいと思われているかもな。

でも本当は……。

「けど今は練習を通して玖乃殿のいろんなことを知れて、以前と比べて話しかけやすいっすよ……！」

「そっか。そりゃ良かった」

「はいっす……。1番驚いたのは、クールで動じないイメージがあった玖乃殿が実は、結構ブラコンっぽいことで……」

「ん？　ブランコ？」

「あ、いえ……！　な、なんでもありません！　さ、さぁて、そろそろ稽古を再開しますかねぇ〜」

遥ちゃんはワタワタと何やら言い淀《よど》むような口ぶりのまま、俺から離れていってしまった。

それから、留衣とともに少し頬が赤い玖乃も戻ってきて練習を再開したのだった。


その日の夕食後。

俺は玖乃の部屋を訪れていた。

「兄さんがボクの部屋に来るなんて珍しいですね」

玖乃は淡白にそう言う。

でも機嫌は直っているようだ。

やはり、メンチカツとコロッケでカロリーを摂取したおかげか？

「たまには玖乃の部屋を堪能しておきたくてな。まあ、半分は冗談だけど」

「逆に半分は本気なのですか……。兄さんは実は変態なんです？」

「うーん……否定はしない！」

「してくださいよ。兄さんの将来が不安になりますから」

玖乃に呆《あき》れられたような視線を送られるが、そんな目をされても別に悪い気はしない。

こういうところが変態なんだろうか？

てか、俺また将来の心配されているし。

そんなに俺って、だらしない？

「将来ねぇ……。玖乃に養ってもらっているかもしれないなー」

玖乃は将来安泰だろうからな。

まあ俺も大学まで行って、良いところに就職するって決めているけど！

「そうですか。なら、いいですけど」

「……」

「……」

「いや、これこそ否定すべきところじゃない⁉」

あれっ？　玖乃の方が将来心配じゃない？

「当然のことですから」

「当然とは、自分で稼いだお金を自分のために使うことでは？」

「だからこそ、ボクは自分のために兄さんに使います」

「だから、どういうこと⁉」

「安心してください。お金が足りなかったら仕事増やしますから。これで安心して兄さんを養えます」

「安心どころか、罪悪感しかないんだけど⁉　つか、養ってもらうとかダメ兄貴すぎない⁉」

「別にいいと思いますよ。男性が養ってもらうなんて普通のことですし」

「そんな普通嫌だ！　俺が稼いで家族を養うんだ！」

「いいえ。ボクの方が稼ぎます。一生暮らせるように」

謎の養う論争が……って、こういう話をしに玖乃の部屋に来たんじゃなくて！

「全然話変わるけど、イチャイチャシーンどうするよ!!」

雰囲気もへったくれもないが、強引に話題に入る。

玖乃は一瞬、動揺したように瞳が動いたものの……。

「ど、どうするというのは……？」

「ほら、俺と玖乃で新たにイチャイチャシーンやることになったんだから、ちゃんとしないとなーって思って。今日みたいにグダグダだったら本番はダメだろ？」

「そ、それはそうですけど……」

玖乃が苦い顔になる。

休憩後もイチャイチャシーンをやってみたものの……玖乃はまだ慣れないのか、終始演技にブレーキをかけていた。

「慣れないことは練習あるのみということで、今から時間あるか？」

「あ、ありますけど……」

そう言いつつも、玖乃は俺から視線を逸《そ》らした。

「俺とのイチャイチャシーンをやるのが嫌なのは分かるが、今回だけは我慢してくれ。それか、どうしてもダメなら、俺から遥ちゃんに別のシーンに変えてもらうように言うぞ？」

俺にとって玖乃は可愛《かわい》い弟だし、なんでもしてあげられるが……玖乃にとっては俺は兄であっても、男同士ってことで嫌かもしれん。

まあ、多くの男は男同士は嫌か。

俺も高橋《たかはし》や田中《たなか》とイチャイチャしろって言われたら思わず、「おぇ……」となってしまいそうだが……玖乃は違うんだよなぁ。

やっぱり、弟パワーってやつ？

それとも、お兄ちゃん意識が高いから？

だけど、俺だけ良くてもダメだ。

今回は２人で主役。織姫と彦星《ひこぼし》。

どちらが欠けてもダメだし、どちらかがやりたくないとなれば、別のものに変えるべきだ。

「さて、どうす――」

「ボクは嫌なんて一言も言ってません」

玖乃がハッキリと言った。

「そうか？」

「はい。では、練習やりましょう」

おお、急にやる気が出たみたいだ。

玖乃って意外と負けず嫌いだからそういうこともあって、やる気になったのか？

「じゃあ、イチャイチャ練習やるか！」

「そ、その……イチャイチャっていう単語を出すのはやめてください。は、恥ずかしいので……」

玖乃が頬を少し染める。あら、可愛い。

それに、嫌がらないなんて玖乃は優しいなぁ。

「まあでも、そのイチャイチャシーンは何をやるかも迷うよなー」

俺は先ほどの稽古を思い出す。


「つ、次は壁ドンとかして欲しいっす！」

「いいや、ここは顎クイでしょ！」

「わ、私は無難に見つめ合うで……」

「私は添い寝かなぁ～」

休憩後、イチャイチャシーンで具体的に何をやるかについて意見を出し合っていたが……遥ちゃんたち４人のスイッチが入ったのか、要望もどんどんヒートアップ。

てか、最後のは演劇に向いてなくないか？

最終的には留衣が宥《なだ》めてくれたものの……という留衣も、ちゃっかり「バックハグ」とか要望出していたけど。

回想終わり！

「結局、イチャイチャシーンは3つぐらいはやってもらいたいって言ってたよな？」

「はい。それも、ボクたちが決めていいと言っていましたね」

まあ、俺たちが決めないと遥ちゃんが止まらなそうだったしな。

「とりあえず、手を繋《つな》ぐは確定じゃないか？　織姫と彦星は恋人関係だしな」

恋人といえば、手を繋ぐのは王道だよな！

「ボクも1つは手を繋ぐでいいと思いますが……。兄さんはよく恥ずかしげもなく、決められますね。これ、大勢の観客の前で披露するんですよ？」

「おう、見せつけてやるつもりだぞ、俺たちのイチャイチャをなぁ！」

「……質問したボクが間違っていました」

なんか玖乃に呆れられた気がするけど……これが俺の本心だし、それに。

「俺の相手は玖乃であって、織姫でもあるからな。俺はどっちとでも手を繋いだりしたいし、だから恥ずかしいとかないな！」

「……。そうですか。じゃあ……」

「ん？」

「ボクも、同じ気持ちですよ」

玖乃が少し照れながらも言った。

それからもう１つは、お姫様抱っこに決まった。

バックハグとの２択で玖乃がめちゃくちゃ迷っていたけど。

最後の１つは、あーんに決まった。

七夕祭《たなばた》ということもあって、食べ物は豊富だし、あーんする食べ物はいちご飴《あめ》辺りかなと思っている。

「よし、無事にシーンも３つ決まったし、今日の練習はこれで終わりだ！　じゃあ、今からゲームしようぜ玖乃！」

「なるほど。ボクの部屋に来たのはそっちが本命ですか」

と言いつつ、ゲームに付き合ってくれた玖乃だった。

◆◆

「次は俺が勝ち越すからなっ。じゃあ、おやすみー！」

そう言って、兄さんは自室に戻っていった。

「兄さんは本当に無自覚で……優しいですね……」

そう、優しい。

兄さんもお母さんもボクと接してくれて、ボクのことを気にかけてくれたり、心配したり……ちゃんと見てくれる。


……あの人たちとは違う。


私が生まれた時、同時にもう1人生まれた。

いわゆる、双子というやつだ。

私は妹で……もう1人は兄。

つまり、男なのだ。

男が家庭内にいるということは、周りはその子だけに夢中になる。

ただ、幼い私がそれを理解するまでには時間が掛かったのだった。

「ねえねえママ！　テストで100点取ったよ！　それに今日のかけっこの練習でも1位に——」

「おい、今日も学校行ってきてやったぞ」

「玖乃、おかえり。ああっ、くーくんおかえり～。今日も学校に行けて偉いわねぇ～。女の子がたくさんの中で大変だったわよね。頭よしよししてあげるわ～」

「いらねぇよっ。ったく……」

「……」

私がどんなに優秀な成績を収めても、どんなに良いことをしても、どんなにアピールしても……褒められるのはいつも大したことをしていない兄だった。

不思議でしかなかった。

兄はとにかく周りから大切にされ、一方、双子の妹である私はあまり興味を持たれない。

なんでだろう？

私は、「玖乃はいい子だから1人で遊べるでしょ？」とおもちゃやその時に必要になるものを渡されて、それでおしまい。

なのに、兄は食事から移動、遊びまでありとあらゆることを周りにしてもらっていた。

なんでだろう？

別に暴力や無視とか、酷《ひど》いことをされたわけではない。

でも何故《なぜ》か……私と兄で対応の差を感じる。

なんでだろう？

その差は、私に掛けられる言葉の中にも表れるようになって……。

「玖乃。くーくんが宿題やりたくないって言っているの。だから今回だけ代わりにやってくれないかしら？」

「玖乃。今日はくーくんが学校を休みたいって言っているからお世話するために1日家にいるわね。だから今日の運動会に行けないわ。でも代わりに家政婦さんが行ってくれるから良いわよね」

「ねぇ、玖乃。くーくんのために……」

お母さんが私を呼ぶほとんどが兄のためになってきた。

そんな状況が数年続けば、さすがの私も分かる。

……もう、うんざりするほど分かった。

数少ない男は、出会いに飢えた女性たちから狙われることから周りはどうしても過保護になる。

分かっている。

それが、この世界の当たり前だって。

だけど……。

同じ家族なのに、私のことは誰も気にかけてくれないの？

頑張っても、褒めてくれないの？

甘やかしてくれないの？

一緒に遊んだり、添い寝したり、笑い合ったり……楽しい思い出を作ってくれないの？

ねえ、私は……どうやったら見てもらえるの？

それでも、幼さから構ってもらう方法を必死に探した。

その１つとして思いついたのが……。

「私が男になれば構ってもらえるんじゃ……」

それからの行動は早く、容姿は男っぽくなるように長髪を切り、私服もパンツスタイルに変えた。

「あの……ボクの話も聞いていただけないでしょうか？」

口調も敬語に変えてみた。

最初こそ、その変わりように驚かれたものの……結局、中身は女《わたし》のままなので、周りの対応はあまり変わらなかった。

逆に、自分自身がよく分からなくなってしまった。

自分がどんな性格だったのか、どんな話し方をしていたのか……全部忘れてしまった。

どうやって笑っていたのか分からなくなった時……自分が悪い方向に努力してしまった

ことに気づいた。

「ボクって……何をやってもダメだったんだ……」

自分にはなんの価値もない。

だから、見てもらえない。

いつしか自信を失った。

自分を出すことに臆病になった。


周りの大人たちの顔色や機嫌を常に気にして過ごす生活がだんだんと染み付いていくようになっていたある日。

家にいても、兄が甘やかされている姿を目にするのが嫌なので、ボクは近所の公園で時間を潰すことが多くなった。

その日もブランコに乗り、ただぼんやりと過ごしていると……。

「ブランコ。楽しくないのか？」

「え？」

不意に声が掛けられた。

見れば、声の主は……同い年くらいの男だった。

「……男」

自分の顔があからさまに引き攣《つ》ったのが分かる。

この頃のボクは、男嫌いになりつつあった。

何故《なぜ》なら、男は優遇されるから。

ボクが家族や周りの人たちに見てもらえないのも、男のせい。

……逆恨みだと分かっていても、そうでもしなければ、この寂しさを紛らわせることができない。

「俺も隣のブランコに乗ってもいいか？」

そんな複雑な感情を抱いているボクとは対照的に、その男は太陽のように明るい笑顔を浮かべた。

「久しぶりに乗ると楽しいもんだなぁー」

彼は楽しそうにブランコを漕《こ》いでいたが……やがて飽きたのか、ブランコの揺れが徐々に止まっていく。

そろそろ帰るのかなと思っていたが……彼はブランコを降りると、ボクの目の前に立った。

「なあ、名前なんて言うの？　俺は郁人《いくと》って言うんだけど！」

「……」

「あれ？　聞こえなかった？　なら、もう一度――」

「き、聞こえてるからっ！」

突然の話しかけに、ボクは固まってしまった。

……この子、なんだか変だ。

男なのに、アイツのように偉そうな態度ではなく……なんだか柔らかい雰囲気。

どうしてだろう……？

「つか、1人でいると危ないだろ？」

「それは君も同じでしょ……」

「おっ、話してくれた！　俺はすぐに迎えが来る予定だから大丈夫だ！」

ああ、やっぱりこの人も家族に大切にされているんだな。

男だから当然か。

その事実に、胸がチクッと痛んだ。

「そう……。じゃあボクとは違うね」

「？　迎えが来ないってこと？」

不思議そうに首を傾《かし》げる彼。

苦労とかしたことがなさそうな男に……なんだか感情が溢《あふ》れ出してしまって。

「ボクは……いらない子だから……っ」

そう言ってしまった後、ハッと我に返った。

今、会ったばかりの男の子相手にボクは何を言って……。

「それ、誰かに言われたのか？」

「え？」

真剣なトーンに顔を上げる。

見れば、彼は険しい顔で……どこか怒っているようにも見えた。

「いや、誰にも言われたわけじゃないけど……」

「けど？」

「みんな、兄ばかりを甘やかしてボクのことは誰も見てくれない……。褒められたことなんて一度もない……」

「そうか。でも、俺はちゃんとお前のこと見てるぞ」

「っ」

何気ないその一言が、今のボクには深く突き刺さる。

どうして……？

どうして貴方《あなた》はそんなことを言ってくれるの？

また自然と口から感情が……。

「郁人アンタ、回覧板届けている時にショタ好きの今本《いまもと》さんに見つかるの厄介だから、ちょっと離れた場所にいてとは言ったけど、まさかこんなところまで行って……あら？　他にも子供がいるの？」

違う人の声が聞こえて振り返ると、黒髪ロングの綺麗《きれい》な女性がいた。

すぐに来ると言っていた人だろうか？

「あっ、母さん！　色々説明すっ飛ばすけど、コイツ俺の家に３６５日泊まらせてあげたい！　俺がちゃんと面倒見るから！」

……ボクはペットか何かかな？

「何馬鹿なこと言ってるの。３６５日なんて、それはもう一緒に住むってことじゃない。まあ、今後の人生の一部を刑務所で過ごすっていう覚悟があるならいいわよ？」

「くっ！　でも、ここで見過ごせないし……1、2年ぐらいなら……」

「本気で検討しないの。諦めなさい」

「あいてっ」

彼の頭に母親のチョップが落とされた。

と、彼の母親がボクの前に来た。

「うちの息子が変なこと言ってごめんなさいね」

「い、いえ……」

「あの子、見ての通り馬鹿だから……って、貴方、どこかで会って……。もしかして玖乃？」

「え……どうしてボクなんかの名前を」

「えっ！　母さん、知り合いなの!?」

何故《なぜ》か、嬉《うれ》しそうに声を上げる彼を尻目に、ボクはどうしてこの人が名前を知っているのか、戸惑った。

「ええっと……」

「ああ、ごめんなさいね。いきなり怖いわよね。説明するわ。実は、私は貴方のお母さんの姉なのよ。つまり、郁人は貴方のいとこになるわね」

「お前、俺の従兄弟《いとこ》だったのか！」

彼はさっきよりも嬉しそうに声を上げた。

……なんで？

……ボクなんかが従姉妹《いとこ》でなんの得があるのだろう？

「妹の家に行った時、傍《そば》で貴方が遊んでいたのに、双子の兄のことばかり話していたから色々と察することはあったけど……。まさか、同じ我が子である玖乃にこんなにも寂しい思いをさせていたなんて……。あの子には、男ばかりにかまって玖乃を放置するのだけは絶対にダメだとキツく言ったはずなのに……」

母親は何かを呟《つぶや》きながら、最後には深いため息をついた。

「今のあの子には玖乃を任せられないわね……。少なくとも中学卒業までは私が……」

ふと、彼の母親がしゃがんでボクに目線を合わせたかと思えば。

「ねえ玖乃。貴方さえよければ、うちにしばらく居候しない？」

「……え？」

それから1週間後には、お母さんの方には話を済ませたということで、正式に一緒に住むことになった。

「一緒に住めば家族同然よ。私のことは『お母さん』って気軽に呼んでいいからね」

「じゃあ俺は兄ちゃんか兄さん呼びで！」

「え、えと……お母さんと……じゃあ、兄さん……」

そのキラキラした瞳に押されて、彼の方は『兄さん』呼びにする。

「やったー！　俺、兄弟欲しかったんだよね！　しかも、弟ができるなんて……ひゃっほーい！」

ぴょんぴょんシャンプしながら喜ぶ兄さん。

そして、ようやく謎が解けた。

兄さんはボクを男だと思っているから、こんなにも優しくしてくれるんだ。

でももし、ボクが実は女の子だと分かったら……あの人たちみたいにボクを見てくれなくなる……。

「はぁ、郁人アンタねぇ……。勘違いしているとは思ったけど、玖乃はね、お――」

「待ってっ!!」

お母さんが本当のことを告げようとしたのを服の裾を力いっぱい引っ張って止める。

「……玖乃？　どうしたの？」

お母さんがしゃがんで目線を合わせて優しく語りかけてくれる。

「？」

兄さんもこっちに視線を向けている。

ボクはお母さんだけに聞こえるように小声で言う。

「ボク……まだ実は女の子だって兄さんには知られたくないです。だって、男じゃないと兄さんに優しくしてもらえないと思いますから……」

「玖乃……」

ボクの言葉に彼のお母さんは驚いていた。

しかし、すぐに微笑《ほほえ》んでボクの頭を優しく撫《な》でてくれた。

「大丈夫よ。郁人はそんな子じゃないわ。馬鹿だけど、人の良いところを見つけるのが上手で、その人の中身をちゃんと見てくれる子だから」

「そうなんですか……？」

正直、信じられなかったけど……。

「だから、いつか玖乃が郁人に本当の姿を話せる時が来るわよ」

何故かその時の優しい瞳と言葉はすぐに信じられた。


そして、数年が経《た》った現在。

兄さんとお母さんと過ごすのは楽しい。

一緒にごはんを食べたり、遊びに行ったり、時には兄さんの無防備さが原因で言い合いになったりするけど……心の中が満たされているのを感じる。

ボクのことをちゃんと見てくれる人がいるからだ。

だから、元の家族や周りの人を恨んでいるという気持ちはないし、今更、戻ろうという気もない。

でもボクは今も臆病でありのままの自分が出せていない。

あれから一度もあの人たちには会ったことがないのに……何故か、本当の自分になれない。

そして、母さんや兄さんに引き取られたのがボクじゃなくても、２人は同じような優しい対応をしただろう。

結局、ボクじゃなくてもいい。

ボクって、やっぱり必要ないのではないか……？

そんな卑屈な考えになってしまう今のボクでは……兄さんに実は女の子だとは明かせない。

第六章『実はボクは、女の子』

公演当日。

時間にまだ余裕はあるものの……大型ショッピングモール内の控室にいる俺たちは、慌ただしかった。

「ええっと、アタシの台詞《せりふ》は……」

「小道具ちゃんと全部持ってきたか確認しないと……！」

「あれ～？　あの機材どこにいったっけなぁ～」

周りをちらっと見れば、皆、息つく暇もないくらい忙しそうだ。

とかいう俺も……。

「このシーンの時には一度、舞台袖に移動して……。このシーンの時は織姫が先に台詞を言ってからで……」

台本とにらめっこしながら、テスト直前ばりに頭に叩《たた》き込んでいた。

「じゃあ皆さん、1回集合しましょうか！」

遥《はるか》ちゃんのそんな声が聞こえて、それぞれしていたことを、一旦止めて集まる。

改めて、今回の劇の流れをおさらいだ。

流れとしては織姫と彦星《ひこぼし》の紹介をナレーションで流して、それから天帝様が登場するシーンからの出来事を演劇にするというもの。

もちろん、織姫と彦星のイチャイチャシーンもある！

「――劇の流れは以上となるっす！　皆さん、練習してきた成果を思う存分出しましょう！　そして今回、新たに助っ人として３人の方が来てくれました！」

遥ちゃんがそう言えば、控室のドアが開いてぞろぞろ入ってきた。

見覚えがありすぎる３人だ。

「では、自己紹介をお願いします！」

「鳳銘《ほうめい》高校1年で学級委員長を務めております。鹿屋千夜《かのやちよ》と申します。遥さんに代わり、ナレーションをさせていただきます」

「同じく、1年で男性護衛官をしている灯崎澪《あかりざきみお》です！　皆、よろしくねー！　警備はわたしたちに任せて、存分にやっちゃってね～」

「同じく1年生で男性護衛官をしています、上嬢恋《かみじょうれん》です。澪さんと一緒に舞台前の警備を担当させていただきます。皆さん、本日はよろしくお願いします」

鹿屋さん、灯崎くん、上嬢くんのお馴染《なじ》みの３人だ。

鹿屋さんには衣装問題を相談する上で演劇のことを話しており、その後、興味があるということで遥ちゃんに話したところ、ナレーション役に抜擢《ばってき》。

鹿屋さん声綺麗《きれい》だから、納得だよな！

灯崎くんと上嬢くんは留衣《るい》から話を聞いての参加希望。

舞台前の警備をしてくれるそうだ。

2人とも、普段から男性護衛官をしているから護身術も身に付けているし、これ以上ないくらい警備として頼もしすぎる。

「おお！　3人がいてくれるなんて心強いよ！」

「市瀬《いちせ》君にそう言っていただけて嬉しいです♪」

「鹿屋さんには本当にお世話になってるから、また今度お礼させてね！」

俺がそう言えば、鹿屋さんはニコッと笑った。

すると、隣にいた玖乃《くの》が鹿屋さんに近づいた。

「この度は、兄の衣装を用意してくださりありがとうございました。それに、ボクや皆の衣装も用意していただいて……」

そう、実は今回、鹿屋さんは彦星の衣装の他にも織姫、天帝、そして他の神たちの衣装も用意してくれたのだ。

「七夕劇《たなばた》に向けて皆さん、一生懸命取り組まれたと思います。でしたら、衣装も最高のものを着ないとですよ」

言い終わって鹿屋さんがふわりと笑う。

その言葉だけで今まで頑張ってきた甲斐《かい》が……いやいや、まだ早いな！

今日が終わるまで気を抜いたらいけない！

「その言葉を含めてありがとうございます。でも、どうやってボクたちの衣装を用意できたんですか？　服のサイズなどを教えた記憶はなかった気がしたのですが……」

ああ、やっぱりそこ気になるよなぁ。同じ質問しているぞ、俺たち。

「簡単な話ですよ。皆さんのスリーサイズ情報を見て、それを元に衣装部門の方に発注しただけです」

軽やかに笑う鹿屋さんだが、全然簡単な話ではないと思うが。

玖乃も同じことを思ったのか、鹿屋さんを見つめるだけになっていた。

「おお～、凄《すご》いっすね」

ぱちぱち、と遥ちゃんたちからは拍手が起こっているし。

いや、まあ凄いことなんだけどね！

「……なるほど。とりあえず、鹿屋さんは敵には回したくないタイプというのは分かりました」

「ふふっ。私は敵になんてなりませんよ～。むしろ、貴方《あなた》とは仲良くなりたいですよ、市瀬玖乃さん？」

「この子が市瀬くんが言っていた子かぁ～。ほんとに美少年系だ！　でも肌綺麗で小柄で可愛《かわい》い～。ねっ、れんちゃんっ」

「澪さん、落ち着いてください。いきなり話しかけてはびっくりされますから」

興味津々な灯崎くんと、それを宥《なだ》めつつも気になっていた様子の上嬢くんも近づき、玖乃の周りは賑《にぎ》やかになる。

うちの玖乃が人気で兄として鼻が高いな！

「皆さん！　そろそろ衣装やメイクの時間に入るっす！　トイレに行きたい人は今のうちに行くっすよー」

上演30分前になり、遥ちゃんの声が響く。

「ではボク、トイレに行ってきますね」

玖乃がそそくさと控室を出ていった。

「玖乃殿は今日もクールっすねぇ〜。落ち着いていますし。ウチも見習わないと……」

「いいや。あれは緊張している顔だな」

「えっ、そうなんすか？」

「眉がちょっとヒクヒクしていたし、表情も固かったからな」

「へ、へぇー。そうなんすね。全然分からなかったっす……」

「郁人《いくと》は玖乃くんのことをよく見ているんだね。さすがはお兄ちゃんと言ったところかな？」

留衣がくすりと笑いながら聞いてきた。

「おう、当たり前だ！　可愛い弟のことはついつい見ちゃって色々と知るものだからな！」

「え？　弟？　玖乃殿は……」

「しー……」

「……あっ」

「ん？」

なんか隣の留衣が口元に手を当ててウインクしている。

留衣の視線の先にいた遥ちゃんは、少し頬を赤らめながらこくこくと頷《うなず》いていたのだった。

　おいおい、本番前に別の意味でドキドキさせてどうするんだよ。

◆◆

「まさかこれほどトイレが混雑しているとは……」

　1階2階のトイレは列ができるほど混雑しており、結局4階まで来てしまった。

　まあ、ほとんどの人がトイレが目的というよりは……。

「アンタ、その浴衣《ゆかた》新しいの？」

「そうだよぉ〜。七夕と夏祭り用で別々に新調しちゃった♪　今日は男が来るかもしれないし〜」

　今、すれ違った彼女たちも浴衣を着ている。

　そして、ショッピングモール内にいる女性客の半分ぐらいは浴衣を身に纏《まと》っている。

　理由は、今日が七夕だから。

　そして、ここが七夕祭の会場でもあるから。

　女子トイレが混んでいたのも、浴衣に着替えたり、メイクをするためだろう。

　浴衣……。

『可愛い女の子たちの浴衣姿が見放題じゃね⁉』


不意に兄さんの言葉が頭をよぎる。

相変わらず、無自覚すぎる発言。

女性に対して、危機感がないことがよく分かる。

で、でも……その要望なら、ボクでも叶《かな》えてあげられる気がする。

「って、今はこういうことを考えている場合じゃありませんね」

頭をぶんぶんと振り、今は忘れる。

「さて、早く皆のもとへと戻らないと……ゆっくりしている時間ももうないですからね」

そうして、エスカレーターに向かおうと足を進めた時。

「ひぐっ……うぐっ……」

どこからか、泣いているような声。

辺りを探してみれば……右側の目線の先にあるベンチに座っている女の子が泣いていた。

ボク以外にも気づいた人はいたが、皆、通り過ぎるばかりで……。

じゃあボクは……足を進める。

「大丈夫ですか？　迷子かな？」

ボクは女の子を怖がらせないようにしゃがんで、目線を合わせて声を掛けた。

「……っうっ、おねえさんだれぇ……？」

「ボク……いえ。私は玖乃と言います。貴方のお名前も伺えますか？」

「ひぐぅ……わたしは、めぐみ……」

「めぐみちゃんですか。可愛らしい名前ですね。もしかして1人ですか？　では、一緒に迷子センターに――」

穏やかな口調でめぐみちゃんに手を伸ばそうとした時だった。

「やっ！　ママ来ないもん……！」

伸ばした手は避けられ、代わりに荒らげた声でそう返される。

「どうして来ないの？」

「だって……ママは弟ばっかりしか見てなくて、めぐみのことは全然見てくれないもんっ」

「っ」

その言葉で、過去の自分を思い出して言葉につまる。

『玖乃はいい子だから、１人で大丈夫よね？』

何度も言われた言葉が頭をよぎる。

「で、でもここで１人で泣いているだけじゃ寂しくないの？」

それでも、なんとか穏やかな口調で聞いてみるものの……内心は、次の答えを察していた。

「家にいても楽しくないもんっ。ずっと１人だもんっ」

めぐみちゃんは内に秘めたことを吐き出すようにそう言って、プイッと顔を逸《そ》らした。

でも、その目にはじわりと涙が浮かんでいて……。

そんなことを言いつつも、寂しいよね？

だってその気持ち……よく分かるから。

それからしばらく無言になる。

しかし、時間は刻々となくなっていく。

周りから見れば、早く迷子センターに届けたり、一緒に母親を探してあげればいいのにと思うかもしれない。それで解決。

ボクだって最初はその考えだった。

けれど、過去の自分と境遇が似ている女の子を前にして……ボクはそれだけでは終わらせられなかった。

ボクには手を差し伸べてくれた兄さんがいた。面倒を見てくれた母さんがいた。

でもこの子には……そんな手を差し伸べてくれる人がいない。

ボクしか、いない。

この子を今見過ごしたら、以前の自分と同じように孤独を感じさせてしまう。

でも、公演がある。

皆で頑張って、皆に支えてもらった成果を披露しないと……。

でも、でも……。また、どっちつかずになるボク。

「ううっ……ひぐっ……ままぁ……」

でも、泣く女の子を前にして出た言葉は……。

「ねえ、めぐみちゃん。今は1人じゃないでしょ？　だからボクと少しお話ししよっか？」

せめて、この子が泣きやむまでは一緒にいさせてほしい。

◆◆

「玖乃、遅いなぁ……」

上演開始まであと10分を切っているのに、玖乃は未《いま》だに戻ってこない。

「このままだと途中から俺が１人でずっと喋《しゃべ》りっぱなしになってしまう七夕《たなばた》劇になるぞ」

「それはそれで、需要ありそうだとは思いますよ、兄殿」

遥ちゃんが冗談めかして笑ってくれるが……その表情には不安がにじんでいる。

俺も同じだ。

内心、気が気じゃない。

「ひとまず、運営スタッフにキャストが揃《そろ》っていないことを伝えておきましょう。あと、鹿屋グループが関わるテナントに連絡を入れてきますね」

鹿屋さんが冷静にそう告げて、控室を出た。

「わたしたちもちょっと探してくるよ！　行こう、れんちゃんっ」

「はい。玖乃さんの身に何かあっては大変ですから」

灯崎くんと上嬢くんも控室を出て、玖乃を探しに行ってくれる。

３人とも対処が早い。

そして、俺たちが衣装を着ていることを気遣った上で、自ら率先して動いてくれたのだろう。

本当に頼もしい……。

「く、玖乃殿、大丈夫っすかねぇ……」

遥ちゃんが心配そうに呟《つぶや》く。

その場にいる他の女の子たちも同じような表情をしている。

俺も同じ気持ちだ。

このショッピングモールはとてつもなく広い。

階数も多いし、入っているテナントの数も多い。

何より、今日は七夕祭のため、特に多くの客で混雑している。

さらに、玖乃のスマホは控室に置きっぱなしだ。

したがって、そんな状況から玖乃1人を探し出すのは難しいだろう。

もっとも、心配なのは玖乃が何か事情があって戻ってこれない場合だ。

しばらくして、控室に戻ってきた3人だったが……その後ろに玖乃の姿はなかった。

「あと10分ほどなら待てるとのことでした。しかし、それ以上は……」

「こっちも探してみたけど、玖乃ちゃん見つからなかったよ～。玖乃ちゃん、どこ～？」

「とはいえ、全部の場所を探したわけではありません。範囲が広すぎますね……」

「そっか。3人ともありがとう」

俺は感謝を述べるが、重苦しい空気が控室に漂っていく……。

「玖乃くんは護衛官をしてるくらいだから、たとえナンパされたとしても返り討ちにできると思うよ。だから、誰かに連れ去られた可能性は低いと思う」

留衣が顎に手を添えて冷静に考えを口にする。

「じゃあ、玖乃が自分の意思で戻ってこないってことか？」

「その可能性も……あり得るかもしれないね」

「いや、でも……！　どうしてっ」

思わず立ち上がって留衣に言い返してしまう。

はたと、自分が感情的になっていることに気づいた。

「ご、ごめん……留衣……」

「ううん、大丈夫だよ。兄である郁人が1番心配だよね。それと……この場にいる皆も、玖乃くんが理由もなく戻ってこないとは思ってないさ」

留衣が視線を皆のほうへ向け、俺も釣られて皆の顔を見る。

「玖乃殿のことは心配ですが、ウチらは玖乃殿が罪悪感なく戻ってきてくれるようにしないとですね！」

遥ちゃんが明るく声を上げると、他のメンバーもうんうんと大きく頷《うなず》いた。

「皆……」

と、遥ちゃんと目が合った。

「兄殿。ウチらは玖乃殿のこと、これまでの稽古を通して色々知りました。話してみると思ったよりも、気さくな返しをしてくれたり」

「玖乃くん、実は、ぬいぐるみを自分で作るほど好きだったりするしね〜」

「私には飲み物を渡してくれました。あの時はちょうど喉が渇いていて……。玖乃くんは周りのことをよく見ていますね」

「私はお腹《なか》すいた〜って言ったらおやつくれたよ〜。玖乃くんって優しいよね〜」

「まだ玖乃殿のことを全部知っているわけじゃないですけど、これだけは言えます。織姫の代わりは他の誰にも務まりませんし、やるつもりもありません。だって、優しくて思いやりがあって今回の劇の話を1番に引き受けてくれた、玖乃殿しかいないっすから」

遥ちゃんの言葉……俺が思っていることと一緒だ。

皆も大きく頷く。その顔には笑みがあった。

嬉《うれ》しくて、なんだか胸がじんわりと熱くなる。

「ありがとう……皆……！」

お礼を言うとともに、俺は自分の頬をパン!!と叩《たた》いた。

「うえっ!?　兄殿!?」

突然のことで皆、驚いていたものの……俺としてはこれで冷静になれた。

玖乃のことを1番知っている俺が、1番取り乱してどうする。

俺が1番玖乃のことを待っていてやれなくてどうする。

「ひとまず、あと10分後には上演を始めようと思うっす。ただ、台本を少し変えて……」

「玖乃の……織姫のシーンは飛ばすってことか？」

「そうですね。ナレーションでそこはカバーして……」

遥ちゃんが台本を調整し始める。

主に変更があるのは、ナレーションを担当する鹿屋さん。

直前の変更で大丈夫かなと思っていたが、鹿屋さんは余裕そうに頷いていることから、安心して任せられそうだ。

それにしても、ナレーションって便利なものだな。

顔が見えなくても、声だけで臨機応変に対応できるなんて……。

顔が見えなくても、声だけで……。

瞬間、あるアイディアが浮かんだ。

「なあ、遥ちゃん。こういうのはどうだ？」

「どうされました、兄殿？」

俺は、皆の前でとある作戦を提案するのだった。

それから10分はあっという間に過ぎ、ついに本番。

『むかしむかし、空の上に美しい女性が住んでいました。彼女の名前は織姫。日々、美しい布を織ることに没頭していました』

舞台袖から響く、鹿屋さんの語りで劇が始まる。

その耳に心地よい美しい声に、観客も、そして遥ちゃんたちも静まり返って、聞き惚《ほ》れていた。

『そんな織姫の熱心な働きぶりに心を打たれた天帝様は、彼女に特別な贈り物を与えることを決意しました。それは……彦星《ひこぼし》との出会いです』

語りが一段落すると、鹿屋さんがこちらに向かってぱちん、とウィンクした。

「すげぇ鹿屋さん……直前に変更したはずなのになんの違和感もなく、すんなりとこなしたなぁ」

「さすがといったところだよね。さあ、次はわたしたちの番だよ」

隣には、天帝をイメージした煌《きら》びやかな衣装と化粧をした天帝様こと、留衣が立っていた。

「ああ……」

「ふふ、緊張してるの？」

「そりゃ緊張するだろ。こんなに大勢の前で何かをするのは初めてだからな……」

さっき、舞台袖からちらりと観客席を見た時、用意されたパイプ椅子が全て埋まっていたし、後方にも立ち見の観客がぎっしりと詰めかけていた。

この全員から、今から注目を浴びるとなると、さすがの俺も緊張する……。

「でも……やるしかないよな！」

「そうだね。それに、大丈夫だよ。玖乃くんも頑張ってきたけど、郁人も同じくらい頑張ってきたんだから」

「ああ、ありがとうな。留衣だってたくさん稽古したんだし、ここで一緒にやり遂げよう！」

「うん」

お互いに励まし合い、最後には２人で笑みを交わす。

七夕の雰囲気にぴったりのＢＧＭがゆっくりと止まり……留衣に続いて、俺も舞台に足を踏み出した。

その瞬間、観客席がざわつき始める。

「えっ……あの彦星役の子って……男⁉」

「いやいや、いつもみたいに男装した女の子でしょ」

「で、でも、見た感じ完全に男じゃない？」

「ちょっとアンタたち静かにしてよ！　男か女かなんて、声聞けば一発で分かるでしょ」

観客のざわめきが広がる中。

俺は深呼吸し……落ち着かせる。

そして、ついに口を開く。

「天帝様。こんな田舎町《いなか》にいらっしゃるなんて、何か御用でしょうか？」

雑音に囲まれていた会場も、この一声で静寂に包まれた。

俺は……いや。

彦星として台詞《せりふ》を続けた。

◆◆

「ねえねえ！　外の会場で劇が始まったみたいだよ！　しかも、彦星役がガチの男らしいよ！」

「嘘《うそ》ー！　七夕《たなばた》劇って、いつも男装した女子が彦星役だったのにっ」

「今すぐに確かめなきゃ！」
ショッピングモール内の女性たちが、興奮した様子で出口に向かって駆け出していく。
その先にあるのは、舞台。
今はちょうど七夕劇が上演中だ。
その舞台の彦星役が男性だと聞けば、当然見に行きたいのだろう。
そしてその男性とは、言わずもがな、兄さんのこと。
ボクがいなくても無事に上演が始まったことに、少しだけ安堵《あんど》の気持ちが湧く。
しかしその一方で……どこか寂しい気持ちも胸の奥に広がる。
ボクがいなくても、代わりがいた。
ボクは、必要ない……。
そんなネガティブな考えはいけないと思うのに。
どうしても頭をよぎってしまうのだ。
過去にそう思ってしまったことが何度もあったから。
結局、ボクはあの頃のことをまだ引きずっていて……今回も変われなかった。
「くーちゃん、聞いてる？」
声をかけられて現実に引き戻される。

「あっ、すいません。もう一度聞いてもいいですか？」

隣には、さっきまで涙を流していた、めぐみちゃん。

今は声のトーンも明るくなって、すっかり元気を取り戻している。

「じゃあ、もう1回言うねぇー？　この前ねぇ〜」

楽しそうに話し始めためぐみちゃんを見て、ボクも思わず微笑《ほほえ》んでしまう。

最初に会った時の悲しそうな表情はどこへやら？

これが本当のめぐみちゃんの姿なのだろう。

おしゃべりが大好きな明るい女の子。

なのに、周りは男に構ってばかりでそんな自分を知ってくれないなんて……。

嫌になるよね。

辛《つら》いよね。

寂しいよね。

だから……今度は、ボクが見つけてあげるんだ。

「わたし、いっぱい話したから次はくーちゃんの番！」

「私の番ですか？」

「うんっ！　くーちゃんの話も聞きたーい！」

「私の話なんて、面白くないですよ？」

そう返せば、またぐみちゃんが話をするかなと思ったが……。

めぐみちゃんは大きく首を傾《かし》げていた。

「なんでぇ？　めぐみはくーちゃんの聞きたいよ？　だって、くーちゃんはわたしのお話いっぱい聞いてくれたから！」

その純粋な言葉に、ボクは思わず目を丸くしてしまう。

兄さんやお母さんが僕の話を聞きたいと思ってくれるのも……こういう気持ちなのだろうか？

そう思うと、頭の中にあったモヤモヤが晴れていくような感覚になり……少しだけ話す気になった。

「それじゃあ、話しますね」

「やったー！」

兄さんとの出来事を思い出し、少しずつ話し始めようとしたその時だった。

ぴーんぽーんぱーんぽーん～。

構内アナウンスが鳴り響いた。

この独特な音は……迷子センターからの呼び出しだろうか？

もしかすると、めぐみちゃんのお母さんが探しているのかもしれない。

ここは、大きなショッピングモールだから迷子センターもいくつかある。

とにかく、今はこのアナウンスに集中……。

『織姫！』

「……え？」

たった一言なのに……思わず耳を疑った。

だってこの声……兄さんの声だから。

『織姫！　俺だ、彦星だ、織姫！』

またしても、同じ名前が呼ばれる。

しかし、これは偶然なのか？

偶然、名前が『おりひめ』ってだけで……。

とにかく、続きに集中する。

『織姫、お前しかいないんだ！　代わりなんていない。絶対にお前じゃないとダメなんだ。だから……今すぐに来れるのなら俺の前に姿を現してくれ！』

そうして、構内アナウンスは終わったのだった。

「……」

ええと……これは、もしかしてボクのことなのだろうか？

織姫役だったボクのことを指しているのだろうか？

でもなんで……。

上演が無事に始まったということは、織姫役は。

ボクの代わりはいるんじゃ……。

「織姫って、あの織姫なのっ」

めぐみちゃんがウキウキした声を上げた。

織姫のような女性に憧れる年頃なのだろうか？

「ねえねえ！　くーちゃんは織姫と会ったことあるのー？」

「いえ、会ったことはあ……」

そう言いかけて、ボクは言葉を呑《の》み込んだ。

役なら演じたことが……って、今は演じていないのだから、そんなこと言えないか。

でも……。

「……もし、会えたら嬉《うれ》しいですか？」

「えっ、会えるの！　どこどこ！」

「ええと、外の舞台の方に……」

「じゃあ一緒にいこっ」

「えっ？」

「くーちゃん、はーやーく～」

ボクはめぐみちゃんにぐいぐいと手を引かれて、舞台に向かって歩き出した。

舞台近くに着くと……そこには人が所狭しと集まっていた。

予想以上の注目ぶり……。

先ほどの構内アナウンスが拍車をかけたのだろう。

舞台横の白いテントを見ると、そこからちょうど顔を出した前舞《まえまい》さんとふと、目が合った。

瞬間、慌てたようにテントに戻った。

兄さん以外にも皆、待ってくれていたのだろうか？

◆◆

「く、玖乃殿！　心配しましたよ!!」

「無事で良かったよ～」

テントに入ると、前舞さんたちが駆け寄ってきてボクに抱きついてきた。

「すいません……こんな時間まで戻らなくて……」

よくよく考えれば、ボクがあの時付き添わなくとも、このテントにめぐみちゃんを預ければ良かった。

そうすれば、１人ではないし……ボクも劇に遅れることなどなかった。

そのめぐみちゃんはといえば、端の方で留衣さんと会話していた。

「お姉さんの格好キラキラで可愛《かわい》いー」

「ふふ、ありがとう。めぐみちゃんも可愛い格好をしているね」

留衣さんなら上手《うま》く対応できるだろう。

「お待ちしていましたよ、玖乃さん」

ボクの前に鹿屋さんが立つ。

「あの……すいません……」

鹿屋さんには衣装まで用意してもらったのに……。

「謝らなくても大丈夫ですよ。私たちは待っていましたから。それより今は、早く舞台に立ってあげてください」

それから急いで衣装とメイクをしてもらいながら、劇の流れを聞いた。

劇の内容は変更されていた。

内容は、前半は通常の話なのだが、イチャイチャしすぎた織姫と彦星《ひこぼし》が引き離されて数年後……男女比が極端に変わり、彦星が他の女性たちから狙われているという流れになったようだ。

上手《うま》く現代と融合させているし、その流れなら織姫が遅れて登場するのも大丈夫だろう。

もしかして……ボクのためにわざわざ？

メイクまで終えたボクは、舞台を見る。

今、舞台には兄さん……彦星が2人の神に迫られていた。

「彦星様、良いではないですか。その織姫という女性とは今は会えていないのでしょう？」

「そうですよ。私なら彦星様に寂しい思いはさせませんのに……」

「い、いや……織姫と会えていないのは俺たちがイチャイチャしすぎて天帝様のお叱りで会えなくなったからで……」

彦星が遠回しにアプローチを断ろうとするも、神2人が積極的に迫る。

男性護衛官としてこのような光景は幾度となく見たことがある。

それから鹿屋さんの臨機応変なナレーションに合わせて……ボクは舞台に上がった。

「くっ……お、織姫！」

一瞬、玖乃って言いそうになりましたね？

でもしょうがない。

ボクが戻ってこず、兄さんに心配掛けたのだから。

「良かった。また会えた」

ほっとした表情の彦星。

それは織姫に対してなのか、それとも玖乃への言葉なのか……。

「私もお会いしたかったです、彦星さ――」

そう言って、彦星に歩みよろうとした時。

衣装の裾を踏んでしまい、バランスを崩した。

ゆっくり地面に向かって倒れていく……と、思えば、ぽすんと何かのおかげで止まった。

見上げれば、兄さんの焦った表情と……。

「「「きゃあああああああああ!!」」」

観客の黄色い悲鳴が聞こえた。

「あ、あの……」

「……」

兄さん……いいえ、彦星は真剣な顔つきに戻る。

けれど、ボクの身体《からだ》を支えたその手は離れようとはしない。

などと思っていたら、腰に腕が回り……そっと引き寄せられた。

ボクは兄さんの身体にぽすんと、倒れ込んだのだった。

「「「きゃああああああああああああああああ!!」」」

「!?」

さらに大きな観客の黄色い悲鳴とともに、ボクも顔が熱くなるのを感じる。

だって今、ボクは彦星……兄さんに抱きしめられているのだから。

「何かあったんじゃないかって心配だったぞ」

ふと、兄さんが耳元で小声で話す。

これは兄さんとしての言葉なのだろう。

「すいません……」

「でも、戻ってきてくれて良かった」

そう言って、回した手を離して……再び兄さんの顔を見れば、ふわりと柔らかく笑っていた。

それから、他の女性たちに今度はボクが問い詰められるシーンもあったが、彦星が間に入ってくれて、織姫と彦星は恋人の固い絆《きずな》で結ばれて……。

鹿屋さんのナレーションで物語の纏《まと》めに入って……。

『こうして織姫と彦星は、幾度となく他の女性たちからのアプローチを受けながらも、時には2人の仲睦《なかむつ》まじさで無自覚に反撃しつつ、互いに会える日を楽しみに真面目《まじめ》に仕事に励むようになりましたとさ――。おしまい♪』

鹿屋さんがそう締めれば、観客席からは大きな拍手が巻き起こったのだった。

◆◆

控え室にて。

「今回の七夕劇《たなばた》……文句なしの大成功っす！　皆さん、お疲れ様でした！」

「「「いえーい!!」」」

遥ちゃんのテンションの上がった言葉に、俺たちは疲れが吹っ飛ぶぐらい盛り上がる。

皆が頑張ったおかげで、公演は大成功に終わったのだ！

いやぁ、めでたい!!

「というか、千夜殿のナレーション上手すぎましたっ」

「私たちのアドリブも結構上手くできたよねっ」

「留衣先輩の天帝様もとてもかっこよかったです……」

「玖乃くんの織姫も綺麗《きれい》だったし～」

「兄殿の彦星もかっこよくて最高でした！」

互いに褒め合い、照れ合い、そして皆で盛り上がる。

「あ、あのっ」

そんな賑《にぎ》わいの中……ふと小さな声が響いた。

見れば、眉を下げた玖乃が重々しく口を開いた。

「盛り上がっているところ、こんな水を差すようなことを言ってしまうのはどうかと思いますが……。それでも謝りたいんです。遅れてしまって、本当にすいませんでした！」

玖乃は声を張ってそう言うと、深々と頭を下げた。

場に静寂が訪れようと……と、俺はすぐに口を開いた。

「なあ、玖乃。終わりよければ全て良しって言葉あるだろ？」

「は、はい。ありますが……」

顔をおずおずと上げた玖乃が、俺の目を見返す。

「だから、俺が今、玖乃に掛ける言葉としたらそれかな。他の皆はどうだ？」

そうして周りを見渡すと、次々と声が上がった。

「ウチも同じっすー！」

「アタシも！」

賛同の声が返ってくる。

皆、俺と同じ気持ちだ。

「で、でも！　ボクは……せっかく皆さんで稽古したものを、台無しにしようとして……」

それでもなお、玖乃は言葉を続けた。

玖乃の今の心境はなんとなく察せる。

周りがそう言っても……許せないのは自分自身だよな。

なら、その罪悪感がなくなるまでこちらは言葉を掛けるのみ。

また俺が口を開こうとした時。

「玖乃くん」

先に声を発したのは、留衣であった。

「る、留衣さん……」

「玖乃くん。それ以上謝罪の言葉を口にしようとするなら、わたしも止めに入らずにはいられないよ」

その言葉とは裏腹に、留衣の声色は優しいものであった。

「皆、玖乃くんの遅れた事情を知っているよ。預かっていた女の子……めぐみちゃんから話を聞いたからね。ひとりぼっちで泣いていたところを玖乃くんがずっと隣にいてくれて、話してくれて、楽しかったって言っていた。それに、これからは弟にも話しかけたり、優しくするとも言ってくれたよ。彼女があそこまで明るくなれたのは、間違いなく玖乃くんのおかげだよね？」

「そ、そうだとしても……それは遅れていい理由には……」

「まあそうだね。でも今日は、劇も大成功して、めぐみちゃんも笑顔でお母さんと手を繋《つな》いで帰った。終わってみれば、全て良かったじゃないか。そんな素晴らしい結果になったのは、ここにいる全員……もちろん、玖乃くんのおかげでもある。それがわたしたちの気持ちだよ」

　留衣の心のこもった言葉に、玖乃はもう謝罪の言葉も申し訳なさそうな表情も見せなかった。

　俺は、そんな玖乃を見つめて言った。

「俺はさ、玖乃のことを大事に思っているけど……皆も玖乃のことを大事に思っているんだぜ。だから、たまにはそれに甘えてもいいんじゃないか？」

俺はそう言って、にしっと歯を見せて笑ってみせる。

「そうですね。じゃあ……」

玖乃がそう言い出し、周囲もほっとした雰囲気に包まれ——

「兄さん。２人に迫られている時、デレデレしてましたね？」

これ、甘えてるのか？

俺、問い詰められてないか……？

「兄さん？」

「うえっ⁉　そ、そんなことないと思うけどなぁ～。俺は真面目に演技していたし～」

な、なんでバレているんだ！

内心女の子に迫られて悪い気がしなかったことが‼

「顔に出てますよ」

「嘘《うそ》っ⁉」

「本当です」

こういう時って大体、「嘘です」って返されるんじゃないの⁉

「へぇ……。その件についてわたしも詳しく知りたいなぁ～？」

「る、留衣⁉」

「玖乃さん遠坂《とおさか》君、私も混ぜてくださいな♪」

「か、鹿屋さん⁉」

留衣と鹿屋さんも加勢に回っただと⁉

その後、何故《なぜ》か俺は色々と問い詰められたのだった。


「今日は帰りに美味《おい》しいもの食べようかなぁ～」

「アタシも今日は贅沢《ぜいたく》しちゃお～！」

着替えたら解散ということで皆、続々と帰っていく。

その表情はやり切ったような清々《すがすが》しい顔で、見ているこっちまで微笑《ほほえ》ましくなる。

やっぱり、やって良かったって思えるような終わり方にできて良かった！

「兄さん、お待たせいたしました」

「おう、俺も今来たところだ」

「ボクに気を遣わなくていいんですよ？」

「いや、カッコつけてみただけだっ」

こういう時の定番の台詞《せりふ》。

ちょっと言ってみたかったとはいえ、逆に玖乃に気遣わせてしまって恥ずかしいな！

ショッピングモールを出ると、少し暗くなっていた。

外の特設会場ではアーティストが歌っていて、貞操逆転世界の七夕祭はまだまだこれからが本番のようだ。

「俺も屋台で何か買いたいなぁ……」

祭りといえば、食べ物が醍醐味《だいごみ》だ。

ソースの香りや焼ける肉の音が漂ってくるたびに、腹が鳴りそうになる。

「いいですよ。屋台で何か買いましょうか」

「えっ……本当っ⁉」

驚いてパッと玖乃の方を向くと、こくんと頷《うなず》いた。

てっきり、祭りほど女性がいて危険な場所は～などと言われると思っていたが。

「むしろ、今日は色々とお世話になったので……」

「そんな、気にしなくていいのに。でも許可が出たなら、思う存分見て回るぞ～！」

「見るのは構いませんが、ちゃんと食べられる分だけ買ってくださいね」

「あら？　お２人でお祭りに行くのですか？」

衣装を片付け終えてくれた鹿屋さんが戻ってきた。

話も聞こえていたみたいだ。

「そうだよ。玖乃も許可してくれたし！」

「ふふ、可愛《かわい》らしい。良かったですね〜。でしたら、浴衣《ゆかた》などいかがですか？　ちょうどご用意していますので〜」

なんでちょうどご用意してあるんだろうと思ったが……ここはありがたく。

「じゃあ着る！」

「ありがとうございます♪」

あ、ありがとうございます？

なんで鹿屋さんがお礼を……？

「玖乃さんもいかがですか？　お好きな浴衣をご用意できますよ」

「ボクは……そうですね。お借りします」

それから隣の控室で用意してもらった浴衣に着替える。

何故か、こちらもサイズがぴったり。

デザインも黒と灰色ベースでいい感じだ。

鹿屋さんからは、「写真を撮らせてもらう」ことを条件に無料で貸してくれた上、返却も後日でいいとのこと。

「撮れた？」

「はい、とっても♪　私も市瀬君と浴衣を着て巡りたかったですが、今回はお譲りした方がいいので、私はこれで。それと市瀬君、頑張ってくださいね」

「う、うん？」

鹿屋さんは、意味ありげに微笑んで控え室を去っていったのだった。

「それにしても、玖乃遅いな……」

もう30分ぐらい経《た》っている。

まさか、またどこかで迷子を助けているとか？

いや、今回は着替えているだけだから……。

その時、ドアが静かに開いた音がした。

ほら、戻ってきた。

「おかえり、く……の」

「お待たせしてすいません、兄さん」

俺は……返す言葉が止まった。

現れた玖乃は……花柄をあしらった女性用の浴衣を着ていた。

顔も少し化粧をしているのか……美少年というより、可愛さが際立つ。

その姿があまりに自然で、見惚《みと》れてしまいそうだ。

それとともに、「演劇も終わったのになんで女装を……？」と言おうとしたが、言葉を呑《の》み込む。

「では、行きましょうか」

「お、おう……」

玖乃は特に何も説明しないまま……そのまま祭りの屋台を回り、食べ物を買ったりしたのだった。

七夕《たなばた》祭の会場を離れて、家へと続く道を歩く。

「お祭りの屋台もたまにはいいかもしれませんね。りんご飴《あめ》やチョコバナナには目を惹《ひ》かれますから」

「ま、まあ……そうだな」

それぞれ選んだ食べ物が入った袋を片手に、他愛《たわい》もない会話をしながら足を進めていたが……。

「兄さん、ここに寄ってみませんか？」

玖乃が歩道の脇にある小さな公園を指差した。

「ここって……懐かしいな」

「はい」

俺たちはその公園へ足を踏み入れた。

ここは俺と玖乃が初めて出会った場所だ。

「ここで兄さんと出会いましたよね」

玖乃が遠い目をして呟《つぶや》く。

「ああ、覚えてるよ」

その時の光景が、まるで昨日のことのように脳裏によみがえる。

あの日、ブランコに1人で座っていた子は……凄《すご》く寂しげな姿だったからな。

玖乃はブランコに近づくと、下にハンカチを敷いて座った。

「久しぶりに、ブランコに乗りたくなりましたね」

◆◆

ボクと兄さんはブランコを揺らす。

こうしていると、懐かしい気持ちになる。

でも……懐かしむだけじゃダメだ。

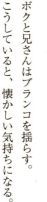

兄さんの優しさにいつまでも甘えているだけじゃダメだ。

だからボクは……口を開く。

「兄さん、覚えていますか？　ボクがここで1人でいた時、兄さんが声をかけてくれたこと。お母さんと一緒に温かく迎え入れてくれたこと。そして、兄さんが本当の弟としてボクを可愛がってくれたこと」

「ああ、もちろん全部覚えているぞ」

兄さんのその即答に頬が緩みそうになるが……今は我慢だ。

だって、これから告げることで今までの関係が変わるかもしれないのだから。

「兄さんと出会って、ボクは毎日が楽しいです。高校に入っても、それからもずっと……この楽しさが続いて欲しいです。そのために……ボクは、本当の姿を伝えます」

ひと呼吸置いてから……決意を込めた表情で兄さんを見つめた。

「ボクは、実は女の子なんです」

言いたいことは言えた。

ボクの本当の姿だって見てもらっている。

だからあとは……兄さんの次の言葉次第。

◆◆

「ボクは、実は女の子なんです」

その言葉にガツンと頭を殴られたような衝撃が……。

いや、本当は分かっていた。

玖乃は女の子ではないか？

そんな考えは、よぎっていた。

玖乃は容姿は美少年でも華奢《きゃしゃ》で細い。

まるで女の子みたいだった。

それに、俺が手を繋《つな》いだり、なにかと距離が近づいた時には、顔を隠す仕草をすることが多かった。

もしや、照れていたからかもしれない。

そんな振り返りを終えて、玖乃を見つめると、その手はわずかに震えていて。

表情も緊張からか、張り詰めているのが分かる。

俺の答えなんて最初から変わらない。

だから早く言って、安心させたい。

でも、その前に……言い忘れていたことがあったな。

「その、言うの忘れてたんだけど」

俺は、口元に笑みを浮かべて。

「玖乃、浴衣凄く似合っているよ」

「！」

玖乃が驚いたように目を丸くしたが、俺は続けて微笑《ほほえ》んで言う。

「俺の勘違いを正してくれてありがとうな。ということは、玖乃は妹ってことになるけど……それでも可愛いことに変わりはないし、玖乃のお兄ちゃんであることも変わらない。だからさ、これからも1人になんてさせない。これからも楽しく過ごそうなっ」

俺がそう言うと、玖乃の張り詰めた表情が緩み、ほっとしたような微笑みになった。

そしてその目には、じんわりと涙が浮かんでいる。

「あ、ありがとうございます……兄さん」

玖乃のその姿を見て……安心させたくてそっと優しく頭を撫《な》でる。

「泣かせるほど俺、勘違いしてたのか。悪かったな……」

「い、いえ……。いや、兄さんが無自覚で無防備で馬鹿なこともちょっと言いにくかった原因です。そ、それにずっと可愛い弟と言うから、弟じゃなかったら優しくしてくれないのかなと思ってしまいましたし……」

「あぁっ、ほんとごめん！」

そりゃ言いにくいよなぁ！

この世界、男が女の子のことを苦手って思っているのに、その男に弟として可愛がられていたら、そりゃ言いにくいな！

俺の大馬鹿っ‼

過去の自分を今すぐにぶん殴ってやりてぇ！

「それに俺、一緒に風呂に入りたいとか、寝たいとか言ったことあったよな……」

「確かに言われたことありますね」

「それって、今になるとセクハラだよな？　土下座でもしたほうがいいか？」

俺がそう言えば、玖乃はクスッと笑って首を横に振り……。

「以前も言ったと思いますが、ボクは兄さんといて、大変だなんて思ったことは一度もありませんから」

その言葉に、俺はほっとして笑みを返した。

「そっか、ありがとな」

「こちらこそ、ですよ」

「おう。んじゃ、帰るかぁ！　母さんも待ってるだろうしな」

俺がそう言って立ち上がれば、玖乃も立ち上がる。

「ちなみに、夕食はたこ焼きパーティーとの連絡がありました」

「マジか！　屋台飯にたこ焼きって最高じゃねえか！　母さんさすが！　帰ろう、うちへ！」

「はいっ」

それからの帰り道、俺たちの会話は弾んだ。

今日は七夕……。

今年の願いをひとつするなら、これからも兄妹《きょうだい》仲良く過ごせますように、だな。

エピローグ

七夕祭から早くも２週間が経過した。

今日は久々に劇団の皆と会うために、俺は玖乃《くの》とともに公民館を訪れていた。

「こんにちはー！　久しぶり、皆ー！」

大広間の扉を開けて、声を掛ければ。

「玖乃殿！　そ、それに兄殿も！」

まず、反応してくれたのは遥《はるか》ちゃん。今日もポニテが似合っているなぁ〜。

「わぁ、お久しぶりですお兄さん！」

「本当に遊びにきてくれたんですね……！」

「また会えるなんて嬉《うれ》しいねぇ〜」

それから女の子３人。

以前はどこかぎこちなかったが、今では手を振ってくれるようになった。

やっぱり、女の子と仲良くなれるのは嬉しいよなぁ〜。

そんなことを思いつつ、視線を流せば、遥ちゃんと玖乃が見合っていた。

「玖乃殿が事前に連絡してくださって助かりました。他の皆には……というか、初対面での兄殿は刺激が強すぎますからね」

「そうですね。賢明な判断だと思いますよ」

実は、今は稽古終わりで遥ちゃんたち4人しかいないのだ。

それから、遥ちゃんからその後の話を聞いた。

七夕祭《たなばた》での公演が終わった翌日には、劇団に申し込みが殺到したらしい。

注目されて、印象に残った効果が出て嬉しいものの……来る人来る人口々に、「男がいたから」や「男と共演できるんですか！」などと言っていたことから、その多くが男目当て下心《したごころ》が見え見えだったとか。

そのため俺は、しばらくの間は劇団には来ないように……と、遥ちゃんたちにお願いされていた。

何故《なぜ》なら、演劇に興味がある人を見つけるためだ。

男が練習に来ないことで、そういう人を見つけるというもの。

男目当てであれば、すぐに察してやめるだろう。

とはいえ、どれだけの人が残ってくれるかが心配だったが……。

実際に劇の練習をしてみると楽しいと感じた人もおり、6人は入団が確定しているとのこと。

そして、解散の話はいつの間にかなくなったとのこと。

「うんうん、良かった良かった！」

一安心だな。

すると、座って話していた遥ちゃんが急に立ち上がったかと思えば。

「改めて……この度は本当にありがとうございました！　お2人のおかげで、演劇の楽しさが再確認できましたし、この劇団がもっと大切な居場所になったっす！」

遥ちゃんが弾《はじ》けるような笑顔で言う。

隣にいる女の子たちも嬉しそうに頷《うなず》いていた。

「そっか。俺たち力になれたんだな。やったな、玖乃！」

「はい、兄さん」

俺と玖乃も顔を見合わせて笑う。

それと、もう1つ嬉しいことがあり……。

「玖乃殿！　明日の稽古は来ますか！」

「はい。明日は行きますよ」

実は……玖乃は劇団に入ったのだ。

しかも、玖乃自身の希望で。

ただ、男性護衛官の仕事もあるので、週に2日だけ練習に行くという無理のないスケジュールを組んでいる。

元々劇団自体が楽しく自由に参加していいという方針だったし、玖乃にも合っている。

最近は夕食の時に、劇団での出来事を自分から話してくれている。

玖乃も楽しいことを見つけられたようで、良かった良かった！

「兄殿も今後もたまにでもいいのでまた顔を見せてください。稽古にもぜひ！」

「おう、もちろん！」

今回、初めて演劇をしたとはいえ、終わってみれば凄《すご》く楽しかったので俺もまた参加したい。

「で、でも兄殿さえ良ければ劇団以外でもお会いしたいんですけど……」

「ん？」

少し顔が赤くなっている遥ちゃんが、ごにょごにょと何かを言った気がした。

聞き取れなかったので、聞き返そうとした時……。

「むぅ……」

ぎゅっと、右腕に重みが。

「く、玖乃？　どうした？」

なんか不満そうなんだが？

「兄さんが動けば、心配性なボクも付きますからね」

「こ、これは強敵っすね！」

一体、なんのことを話しているのだろうか？

まあともかく今日も平和で何よりだ！

◆◆

帰宅後。

俺はベッドに寝転んでゆったりした時間を過ごしていた。

そんな時……ふと思った。

「それにしても俺って……留衣《るい》や玖乃のこと、ずっと男って勘違いしていたんだなぁ」

今思い返しても、やはり衝撃的である。

イケメンだから。外見が男っぽいからとはいえ……男とは限らないってことだな。

それにこの世界は男女比１：20だし、そんなに身近に男なんていないってことなのかな？

「勘違い……俺、他にも勘違いしていることとかあるのかなぁ……」

さすがにもうないと思う。

俺がモテていないのは勘違いではないし、その他は……。

「そういや、鹿屋《かのや》さんのことはまだ思い出せないな」

鹿屋さんのことも、俺は何か勘違いしているのだろうか……？

◆◆

風呂上がりの髪を乾かした後。

ボクはスマホを手に取り、とある人にメッセージを送った。

ピロン♪

すると、すぐに返信があり……ビデオ通話を始める。

『やあ、玖乃ちゃんこんばんは』

「こんばんは留衣さん。急にだったのにありがとうございます」

画面に映るのは、ラフな部屋着姿というのに爽やかさが溢《あふ》れている留衣さん。

それからお互いの近況報告が始まる。

「劇団に行くのは楽しいですね。稽古で普段とは違う自分を見せるのも、休憩で少し素を出せる自分も……楽しいです」

『そっか。玖乃ちゃんが楽しんでるみたいで良かったよ。それにしても、珍しいよね。玖乃ちゃんが郁人《いくと》の話以外をするなんて。よほど楽しいんだね』

「ボクは、兄さんのこと以外も話しますよ？」

『え？』

「え？」

そう返すと、何故か留衣さんが不思議そうに首を傾《かし》げた。

『え？　だって玖乃ちゃん、ブラコンじゃない？』

「む。ボクはブラコンなんかじゃありません」

即答したのに、留衣さんが少し笑いながら肩をすくめる。

『今日もそういうことにしておくよ。でもね？　ブラコンって別に悪いことじゃないと思うよ？　むしろ、兄想《おも》いで……２人は仲もいいわけだし、良いことじゃない？』

「それは良いことだと思いますが、でもブラコンだったら……」

『ん？　ブラコンだったら？』

言葉に詰まるボクを、画面越しに留衣さんがじっと見つめる。

気づけば、ぽつりと口から本音がこぼれていた。

「ブラコンだったらお、お付き合い……できないじゃないですか。そもそも、妹のままでも困りますし……。それに、ボクと兄さんはあくまでいとこ関係なのでその、結婚だってできますし……」

「え？」

『か、可愛《かわい》い……』

『ううん。それじゃあ、これからは玖乃ちゃんをブラコンとは呼ばないよ』

「ありがとうございます？」

『うんうん』

留衣さんのボクを見る目がなんだか温かいような……？

「それに、ボクも兄さんに実は女の子だと知ってもらいました。これからはまた、女の子として意識してもらえるように頑張ります」

『そっか。それならわたしも負けてられないね』

「留衣さんのほうが、どんどん進んでいるような気がしますけど……」

『さあ？　どうかな？』

「むぅ……」

画面越しに、留衣さんが余裕のある爽やかな笑みを浮かべている。

きっとこれからは兄さんに対して、積極的になっていくと思う。
それだけでなんだか……対抗心が湧く。
ボクは兄さんのことが……きっと好きなんだと思う。
あの日、ボクのことを見つけてくれた。
今もなお、ボクのことを見てくれている。
そんな変わらない優しい兄さんにずっと惹《ひ》かれている。
だから、これからもっと頑張らないと。
兄さんにいつか、ボクのこの気持ちを伝えるためにも。

あとがき

皆様、またお会いできましたね！

作者の陽波《ひなみ》ゆういと申します。

この度は、『貞操逆転世界ならモテると思っていたら』2巻をお手に取っていただき、本当にありがとうございます！

こうして2巻をお届けできたのも、読んでくださる皆様のおかげです。


さて、今回はあとがきのスペースが多めなのでのんびり語ってみようかなと思います。

まずは2巻の改稿作業について。

今回はWEB版にはない完全書き下ろしの内容ということで……物語の構成にかなり苦戦しました。

特に、重要なキーワードであった『課外活動』『演劇』。

そして、その発表の舞台となる『七夕祭《たなばた》』については、何度も迷いながら決めました。

そもそも貞操逆転世界という題材は、どんなイベントを合わせても「これ貞操逆転だったらどうなるんだろう！」という期待感と面白さがあるチートみたいな題材ですからね。

なので、合わせるイベントがかなり重要で……迷いに迷いました！

私自身、ラノベをたくさん読むファンでもあるので、「世の中の作家さんはこんなに大変な思いをしつつ、面白いものを書き上げていて凄い！」と尊敬する時間でもありました。


今回も担当編集様には本当にお世話になりました。

何度も何度も原稿を読んでいただき、細かいところまで指摘してくださり、私の悩みにもじっくり向き合っていただきました。

本当に頭が上がりません！　ありがとうございます！

大変ご迷惑をおかけしたと思いますが、こうして無事に2巻を出せたことを嬉《うれ》しく思います。


イラスト担当のゆか様にもこの場を借りて感謝申し上げます。

まず、2巻の表紙を見た瞬間、思わずウルッときてしまいました。

作中ではあんなにも苦しい過去を抱えていた玖乃《くの》が、こんなにも明るく輝く笑顔を見せてくれるなんて……。

これからも笑顔でいて欲しいものです。まあ、郁人《いくと》に任せれば大丈夫でしょう。

また、玖乃だけではなく、留衣《るい》や千夜《ちよ》も表紙を通して変化を感じることができますね。

そして、何と言ってもあの身長差！

作中では文章のみですが、こうしてイラストにしていただけるとまた良いものですね。

皆さん、ついつい目が吸い寄せられる場所があるかもしれませんが、ちゃんと全体も見てくださいね？

表紙だけでなく、扉絵や挿絵も素晴らしく、ゆか様の描く女の子はどの子も魅力的で、ちょっぴりえっちな感じが出ていて良いですよね。最高です！


続いて、校正を担当してくださった方、デザインを整えてくださった方、印刷に携わってくださった方々。この本が1冊の形になるまでに関わってくださった全ての方にこの場を借りてお礼を申し上げます。本当にありがとうございます！


そして、読者の皆様へ。

この物語を楽しんでいただけていることが、私にとって1番嬉しくて、やる気にも繋《つな》がります。

お気に入りのキャラクターやシーンがあれば、ぜひX（旧Twitter）やレビューで教えていただけると嬉しいです！

私が喜んでリプやハートを押しにいくこともありますので、怖がらずに気軽に投稿してくださいね。

1巻の感想を拝見した時には、留衣、玖乃、千夜のメインヒロインたちが可愛《かわい》いと言っていただけた一方で……郁人が可愛いという声も多かったんですよね。

「まさかの主人公⁉」と驚きがあった半面、頭をわしゃわしゃ撫《な》でたくなる大型犬みたいなイメージで書いているので、そんな無邪気な主人公こと、郁人のことが伝わって何よりです。

誰にでも優しくて、人懐っこい男の子。しかも貞操逆転世界ではそんな彼は貴重ですから……自分のものにしたいって思うわけですよねぇ？（意味深）

最後になりますが、ここまでお付き合いくださりありがとうございました！

また3巻でお会いできましたら、よろしくお願いいたします！

ではではでは！

貞操逆転世界《ていそうぎゃくてんせかい》ならモテると思《おも》っていたら2

著　陽波《ひなみ》ゆうい

角川スニーカー文庫　24389

2025年5月1日　初版発行
2025年7月5日　再版発行

発行者　山下直久

発　行　株式会社KADOKAWA
〒102-8177 東京都千代田区富士見2-13-3
電話　0570-002-301（ナビダイヤル）

印刷所　株式会社KADOKAWA
製本所　株式会社KADOKAWA

Printed in Japan　ISBN 978-4-04-115436-6　C0193

★ご意見、ご感想をお送りください★

〒102-8177 東京都千代田区富士見 2-13-3
株式会社KADOKAWA　角川スニーカー文庫編集部気付
「陽波ゆうい」先生
「ゆか」先生

角川文庫発刊に際して

角川源義

第二次世界大戦の敗北は、軍事力の敗北であった以上に、私たちの若い文化力の敗退であった。私たちの文化が戦争に対して如何に無力であり、単なるあだ花に過ぎなかったかを、私たちは身を以て体験し痛感した。西洋近代文化の摂取にとって、明治以後八十年の歳月は決して短かすぎたとは言えない。にもかかわらず、近代文化の伝統を確立し、自由な批判と柔軟な良識に富む文化層として自らを形成することに私たちは失敗して来た。そしてこれは、各層への文化の普及滲透を任務とする出版人の責任でもあった。

一九四五年以来、私たちは再び振出しに戻り、第一歩から踏み出すことを余儀なくされた。これは大きな不幸ではあるが、反面、これまでの混沌・未熟・歪曲の中にあった我が国の文化に秩序と確たる基礎を齎らすためには絶好の機会でもある。角川書店は、このような祖国の文化的危機にあたり、微力をも顧みず再建の礎石たるべき抱負と決意とをもって出発したが、ここに創立以来の念願を果すべく角川文庫を発刊する。これまで刊行されたあらゆる全集叢書文庫類の長所と短所とを検討し、古今東西の不朽の典籍を、良心的編集のもとに、廉価に、そして書架にふさわしい美本として、多くのひとびとに提供しようとする。しかし私たちは徒らに百科全書的な知識のジレッタントを作ることを目的とせず、あくまで祖国の文化に秩序と再建への道を示し、この文庫を角川書店の栄ある事業として、今後永久に継続発展せしめ、学芸と教養との殿堂として大成せんことを期したい。多くの読書子の愛情ある忠言と支持とによって、この希望と抱負とを完遂せしめられんことを願う。

一九四九年五月三日

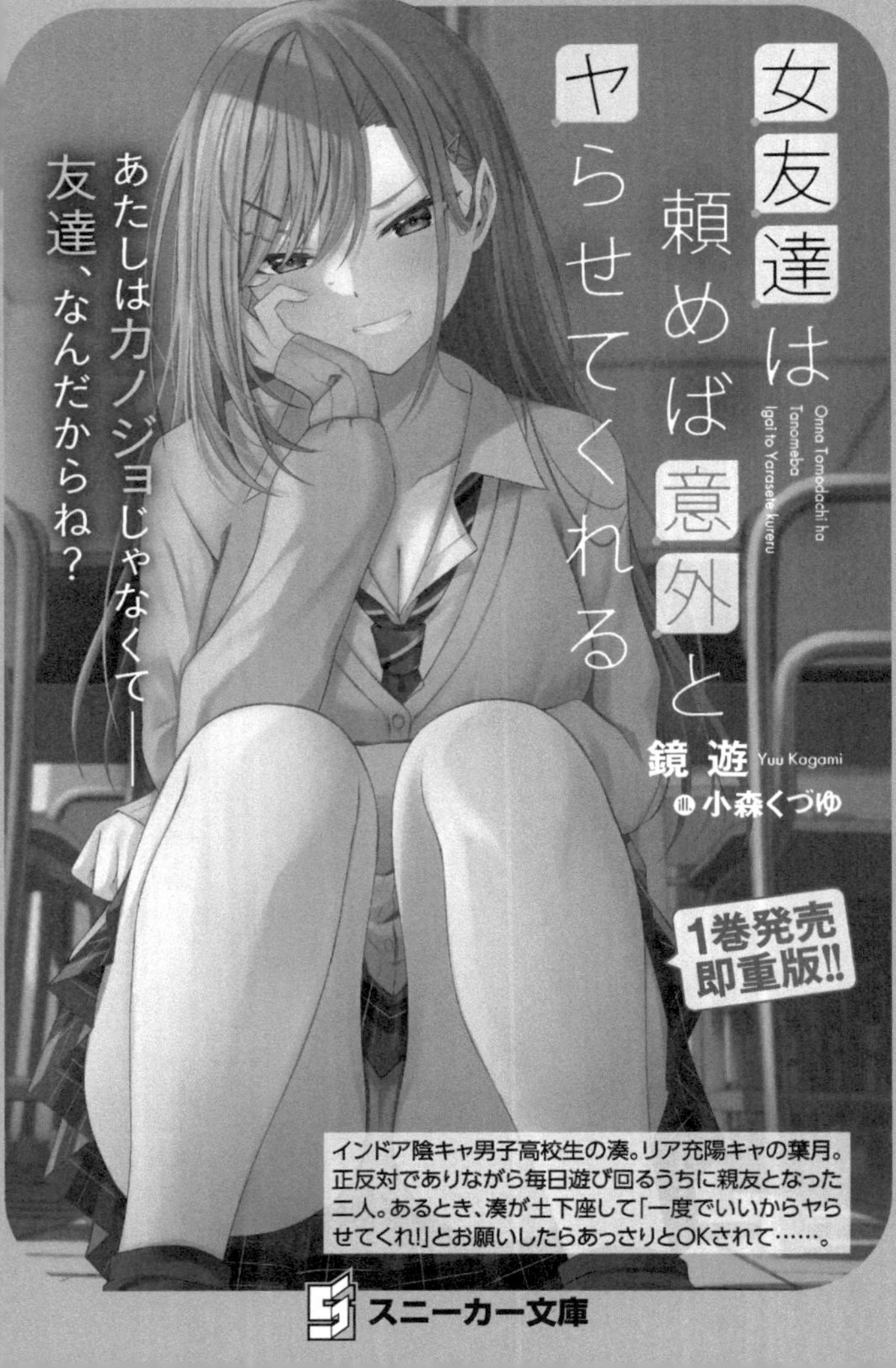
女友達は頼めば意外とヤらせてくれる
Onna Tomodachi ha Tanomeba Igai to Yarasete kureru
あたしはカノジョじゃなくて——
友達、なんだからね？
鏡 遊 Yuu Kagami
ill. 小森くづゆ
1巻発売即重版!!
インドア陰キャ男子高校生の湊。リア充陽キャの葉月。正反対でありながら毎日遊び回るうちに親友となった二人。あるとき、湊が土下座して「一度でいいからヤらせてくれ!!」とお願いしたらあっさりとOKされて……。
スニーカー文庫

「私は脇役だからさ」と言って笑う
そんなキミが1番かわいい。
クラスで2番目に可愛い女の子と友だちになった
たかた [イラスト] 日向あずり
第6回 カクヨム Web小説コンテスト 特別賞 ラブコメ部門
「クラスで2番目に可愛い」と噂の朝凪さん。No.1人気の天海さんにも頼られるしっかり者の彼女は……金曜日の放課後だけ、俺の家に遊びに来る。本当は無邪気で甘えたがり。素顔で過ごす、二人だけの時間。
スニーカー文庫

時々ボソッと
ロシア語でデレる隣のアーリャさん
Милашка❤
story by sun sun sun
illustration by momoco
燦々SUN
イラストももこ
ただし、彼女は俺が
ロシア語わかる
ことを知らない。
特設サイトはこちら!
スニーカー文庫

静かに過ごしたいのに、
なぜか《S級美女》と
学園ハーレム
ラブコメに!?
なぜかS級美女達の話題に俺があがる件
脇岡こなつ
ill. magako
《S級美女》と呼ばれる女子高生・姫川沙羅、小日向凜、高森結奈。彼女たちが噂しているイケメンは学校一地味な俺!? 静かな高校生活を送るため、彼女たちに嫌われようと動くのだが全てが裏目に出てしまい……。
スニーカー文庫

転校先の清楚可憐な美少女が、
昔男子と思って
一緒に遊んだ
幼馴染だった件
Hibariyu
雲雀湯
illust シソ
重版続々!!
元"男友達"な幼馴染と紡ぐ、
大人気青春ラブコメディ開幕!
作品特設サイト
公式Twitter
7年前、一番仲良しの男友達と、ずっと友達でいると約束した。高校生になって再会した親友は……まさかの学校一の清楚可憐な美少女!? なのに俺の前でだけ昔のノリだなんて……最高の「友達」ラブコメ!
スニーカー文庫

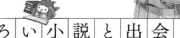